Wenn der Dom schläft
Eine Schauergeschichte

Bibliografische Information der Deutschen Nationalbibliothek:
Die Deutsche Nationalbibliothek verzeichnet diese Publikation
in der Deutschen Nationalbibliographie; detaillierte bibliografische
Daten sind im Internet über http://dnb.dnb.de abrufbar.

Umschlagabbildungen & Fotos: privat
Herstellung und Verlag:
BoD – Books on Demand, Norderstedt

ISBN: 9783749454907

Für meine Reisegefährten,
mit denen ich hoffentlich noch viele besondere Orte entdecken werde.

Katrin Scheiding

Wenn der Dom schläft

Eine Schauergeschichte

Prolog – Sommer 2015

„Zu Ihrer Linken sehen Sie die berühmten Kirchenfenster unseres Doms, die geschätzt aus dem frühen 16. Jahrhundert stammen", dozierte der Fremdenführer, ein langhaariger Jungspund, vermutlich Student der Kulturwissenschaften oder Kunstgeschichte der hiesigen Universität. „Zum Urheber der kunstvollen Mosaikfenster ist leider nichts überliefert. In der Chronik der Benediktinerabtei, die in früheren Zeiten an den Dom angeschlossen war, ist so gut wie nichts notiert. Ein gewisser Novize Johannes schrieb einige rätselhafte Notizen, die als ungeordnete Loseblattsammlung zur Chronik der Abtei hinzugefügt wurden, die mit der Entstehung der Fenster im Zusammenhang stehen könnten. Die Wissenschaft ist sich aber nicht schlüssig, ob diese Aufzeichnungen irgendeine Relevanz aufweisen. Sie sind im Jahr 1980 bei Renovierungsarbeiten in einem Versteck hinter einem losen Stein in der Wand gefunden worden, wurden zwar wissenschaftlich ausgewertet, jedoch ohne zu stichhaltigen Ergebnissen zu führen. Wenn Sie mich fragen, zeugen sie eher von einem verwirrten Geist. Sie wissen sicherlich, dass Aberglaube und Angst vor Ketzerei in der frühen Neuzeit weit verbreitet waren. Völlig normale Vorkommnisse wurden auf diese Weise überhöht und fälschlicherweise als Zauberei oder schwarze Magie angesehen. Aber ich schweife ab. Jedenfalls berichtet der junge Mann in mehr als kryptischen Zeilen etwas über diese Fenster. Und in diesem Zusammenhang fällt die Jahreszahl 1512, die man eventuell als Entstehungsdatum annehmen kann."

Julia zückte ihre Handykamera. Irgendwie fand sie die Mosaike faszinierend. Klassische Totentanzdarstellung, so viel erkannte sie auch als Laiin. Da war der Tod mit seiner Sense und dem Stundenglas im Tanz mit seinen menschlichen Opfern zu sehen. Mit Edelfrau, Tagelöhner, Priester, Bauer, Greis, Kind … Ein makabrer Reigen durch alle Schichten hindurch, wie Julia es aus Bildbänden kannte. Aber irgendwas war da noch. Sie wusste es nicht zu fassen – die Perspektive? Die Farben, die im Gegenlicht leuchteten? Oder was ganz anderes?

„Sie dürfen gern fotografieren, aber bitte schalten Sie den Blitz aus", kam die Stimme des Fremdenführers in Richtung der klickenden Kameras. Julia machte mit ihrem Handy ein paar Selfies vor den Fenstern. Vielleicht zu Hause, bei einem guten Glas Wein, würde sie entdecken können, was an den Kirchenfenstern so besonders war.

„Wenn Sie mir bitte folgen wollen, wir besichtigen zum Schluss noch die Krypta." Wie eine Schafherde ihrem Hirten folgte die Touristentruppe dem Jüngling Richtung Kellerabgang, während die nächste Führung folgte, diesmal eine Gruppe Amerikaner, die mit andächtig-schrillen Bekenntnissen wie „My dear, isn't it looovely?" oder „Oh my god, I love it, it's sooo special" ihr Entzücken kundtat.

Julia wandte sich ab und stieg die steile Treppe in die Katakomben hinunter. Muffige Kellerluft schlug ihr entgegen. Etwas in ihrem Rücken ließ ihre Härchen im Nacken zu Berge stehen. War das der kühle Luftzug, der aus dem Keller nach oben drang? Oder folgten ihr die Blicke der Totentänzer?

Anno 1512

Johannes hatte als Novize die undankbare Aufgabe, morgens noch vor der Laudes den Dom auf den Tag vorzubereiten. Dazu gehörten für den Jungen die profanen Aufgaben wie kehren, Wachsflecken entfernen und das Abstauben der Beichtstühle, eine ermüdende Tätigkeit, vor allem zu nachtschlafender Zeit, wenn seine Fratres noch im Reich der Träume weilen durften. Aber auch das Entzünden der Kerzen zählte zu Johannes' Morgendienst, was für ihn stets eine besondere Aufgabe war, fast schon meditativ. Er liebte es, mit der langen Anzündekerze durch den finsteren Dom zu gehen, nur vom Licht der Kerze geleitet. Nach und nach wich die Finsternis und warmer Kerzenschein breitete sich aus.

So auch heute. Besonders die Kerzen an den Außensäulen des Domes mochte er. Diese verliehen den Wänden zwischen den prachtvollen Mosaikfenstern einen besonderen Glanz, der von den blank polierten Glasteilen reflektiert wurde und ein wundersames Farbenspiel erzeugte. Frühmorgens war dieses bunte Licht etwas ganz Besonderes. Draußen graute der Morgen, das Licht stieg im Osten empor, reichte aber noch nicht ganz, um den wunderbaren Fenstermosaiken ihre Kraft zu verleihen. Dafür flackerten die Kerzen und warfen immer wieder neues Licht auf die kunstvollen Glassteinchen, während sie andere in Schatten tauchten. In diesem Zwielicht gönnte sich Johannes gern eine kleine Pause. Andächtig betrachtete er die Fenster, die vom fahlen Licht des erwachenden Morgens langsam geweckt wurden. Wahre Kunstwerke, wie er fand. Zu gern hätte er dem Glasbaumeister einmal zugesehen, aber für ihn und die anderen Brüder war die Werkstatt versperrt. Irgendwo unten in den Katakomben hatte sich der Meister eine Künstlerklause eingerichtet und baute seine Werke. Erst, wenn in unregelmäßigen Abständen eines fertiggestellt und es in ein freies Fenster eingebaut worden war, konnten Johannes und alle anderen Gläubigen es betrachten, wenn es in einer kleinen, aber sehr feierlichen Zeremonie vom Abt enthüllt wurde. Nur der Meister war nie anwesend. Oder vielleicht doch, und Johannes erkannte ihn einfach nur nicht – seines Wissens hatten ihn die Brüder des Klosters noch nie zu Gesicht bekommen.

Viele Plätze für weitere Mosaikfenster waren nicht mehr frei, wie Johannes mit Bedauern abzählte. Mit Pergament waren noch vier Fenster provisorisch abgedichtet. Ein wenig kam es Johannes wie Blasphemie vor, dass er ausgerechnet diese Fenster im Gotteshaus so sehr mochte. Waren doch noch zahlreiche andere Kunstwerke vorhanden, allesamt von bester Beschaffenheit zum Lob des Herrn: Heiligendarstellungen,

Bilder der Evangelisten, natürlich die Muttergottes. Aber ausgerechnet diese Fenster – der Totentanz. Nicht der Herrgott oder der Herr und Heiland Jesus Christus standen im Mittelpunkt, nein, es war Gevatter Tod mit Sense und Stundenglas, der seine makabren Späße mit den armen verdammten Seelen trieb. Aber Johannes meinte zu erkennen, wie im flackernden Licht der Kerzen die Gesichter mehr waren als bloße Darstellungen der Menschen, die mit dem Tod einen Reigen tanzten. Wahrscheinlich lag es an der spärlichen Beleuchtung und an den Spielen des Kerzenlichts, aber für Johannes sah es fast so aus, als würden die Darstellungen leben.

Wie ertappt blickte er sich bei dem Gedanken um. Welch ein ketzerischer Gedanke! Der Herrgott allein war in der Lage, durch seinen Odem Leben einzuhauchen. Rasch bekreuzigte sich der Novize. Ein Ave Maria murmelnd wandte er sich ab. Was das Zwielicht im einsamen Dom ihm für Hirngespinste einflößte! Aber doch ... Es war ihm, als folgten ihm verstohlene Blicke, als er sich in Richtung des Klosters entfernte.

❧

Ein Raunen ging durch die Menge, als die Orgel bei der feierlichen Messe brausend zum Schlussakkord kam. An diesem Sonntag sollte ein neues Fenster enthüllt werden. Voller Spannung betrachtete die Gemeinde das bislang noch verhängte Fenster, das eine weitere Szene des Totentanzes enthalten sollte. Wahrlich makaber, das Ganze. Aber ein gewisser Reiz ging von den Darstellungen aus. Und für das einfache Volk war es manchmal auch ein köstlicher Spaß mitanzusehen, dass nicht nur sie, die Armen und vom Schicksal Geschundenen, dereinst zur Beute des Sensenmannes werden sollten, sondern auch die Großen und Mächtigen. Nicht nur ein Bettler war bereits in einer Szene beim Tanz mit dem Tod verewigt, sondern auch ein Reicher, ein Priester und sogar eine Edelfrau. Die Spannung war zum Greifen: Wer würde im neuen Kirchenfenster vom Tod zum Tanz geführt?

Der Abt trat vor. „Es ist mir eine besondere Freude, heute der Gemeinde unseres Domes das neueste Kirchfenster von Meister Megol zeigen zu dürfen. Man darf sagen, Meister Megol hat sich wieder einmal selbst übertroffen. Bitte!" Mit diesen Worten zog der Abt an der Vorhangkordel, der schwere Samt glitt zur Seite und gab den Blick frei auf die neueste makabre Szene: Der Tod und die Jungfrau.

Ein hübsches blondes Mädchen, Hand in Hand mit dem grausamen Gevatter. Lächelnd wandte sie ihr Gesicht zu ihrem Tanzpartner, neigte sich ihm beinahe verliebt zu. Glänzend wanden sich die Locken über ihre Schultern, doch zeigten ihre Augen keine Fröhlichkeit. Höllenqualen waren darin zu lesen, die in makabrem Gegensatz zu ihrem strahlenden Lächeln standen. Und der Tod? Galant reichte der dem Mädchen seine knochige Hand, die andere legte er um ihre schmale Taille und schien die junge Schönheit an sich zu ziehen. War es Gier im Blick aus seinen leeren Augenhöhlen? Unverhohlene Geilheit in seinem zahnlosen Lächeln?

„Meine Anna!" Ein gellender Schrei zerriss die atemlose Stille. Eine dicke Frau drängte nach vorn, direkt unter das Mosaik. „Anna!", schrie sie erneut, bevor sie zusammenbrach. „Hulda, mach keinen Unfug." Ein Bauer eilte an die Seite seiner Frau und tätschelte ihr das Gesicht. „Komm zu dir, das ist nicht Anna. Anna ist tot."

Johannes, der das Geschehen aus dem Hintergrund beobachtet hatte (seine Aufgabe war es, zur rechten Zeit mit dem Kollektenbeutel am Portal zu warten), erinnerte sich an den Vorfall. Ein junges Mädchen war vor kurzer Zeit zu Tode gekommen. Anna. Ein nicht hässliches, aber ziemlich nichtssagendes, einfältiges Ding. Es musste schrecklich für die gute Hulda gewesen sein. Sie war es, die ihre tote Tochter aus dem Mühlengraben gezogen hatte. Anna war eines Sonntags nicht wieder zu Hause angekommen. Auch Johannes hatte sich an der Suche beteiligt, ihm war die Aufgabe zugewiesen worden, die Wiesen und Felder rund um die Abtei abzusuchen. Man wusste noch, wo Anna in der Messe ihren Platz hatte, dann schien sie aber wie vom Erdboden verschluckt. Und erst einige Tage später fand man sie tot im Mühlengraben.

Gestützt von ihrem Mann verließ Hulda weinend den Dom, und auch die Gemeinde zerstreute sich nach und nach. Rasch trat Johannes an seinen Platz am Portal und nahm den Obolus für den Klingelbeutel in Empfang. Doch er war nicht bei der Sache. Während er geistesabwesend einige Segensformeln für die Gaben murmelte, betrachtete er das neue Fenster. Es war der Blick. Der Blick des Mädchens. Annas Blick? Der Blick schien zu schreien, schien ungeahnte Qualen herauszubrüllen, in seiner unhörbaren Ohnmacht. So lebendig – nein, tot – nicht von dieser Welt. Johannes spürte den Blick des Bildes gleichsam auf seiner Haut. Er brannte sich in sein Bewusstsein, tief in seine Seele wie ein lautloser Hilfeschrei.

∽

Die Messe war heute voll gewesen. Das lag sicher daran, dass die Enthüllung des vorigen Kirchenfensters, „Der Tod und die Jungfrau", mittlerweile Monate zurücklag und die Gemeinde mit Spannung darauf wartete, wann der Abt das neue Fenster ankündigte. Jedoch war noch nichts davon zu hören, wie Meister Megol in seiner Werkstatt vorankam und wann mit einem neuen Werk zu rechnen wäre.

„Bruder Johannes, habt Ihr meinen Vater gesehen?" Mechthild, die Frau des Schmieds, war bei Johannes am Kollektenbeutel stehen geblieben. „Er kam mit mir zur Messe, aber jetzt ist er plötzlich nicht mehr da."

Johannes blickte sich um, konnte den alten Mann aber nirgends entdecken. „Vielleicht hat er den Dom über ein Seitenportal verlassen – der alte Heinrich ist ja manchmal etwas verwirrt."

„Da habt Ihr zweifelsohne recht, aber gerade deswegen mache ich mir ja Sorgen. Ich hab nur kurz beim Vaterunser die Augen geschlossen, da war er nicht mehr neben mir. Was, wenn er plötzlich nicht mehr weiß, wo er ist? Wenn er sich draußen verläuft?"

„Mechthild, sei beruhigt. Am besten, du schaust einmal rund um den Domplatz. Vielleicht ist dein Vater nur einmal falsch abgebogen und unterhält sich zufrieden mit einer der Statuen. Wer weiß, vielleicht hat er dir später Interessantes vom Apostel Paulus auszurichten?" Er zwinkerte Mechthild zu, die sich davon aber kaum beruhigen ließ. „Lauf und sieh nach. Wenn ich hier später für Ordnung gesorgt habe, hole ich mir ein paar der Klosterschüler und wir durchsuchen Dom und Umland, sollte Heinrich nicht wieder aufgetaucht sein."

„Vergelt's Gott, Bruder Johannes, das würde mir sehr helfen." Besorgt eilte Mechthild hinaus. Immer wieder sprach sie andere Leute an, die aber nur bedauernd mit dem Kopf schüttelten.

Nach und nach leerte sich das Kirchenschiff, und Johannes schloss das Portal. Den klingelnden Kollektenbeutel musste er noch dem Cellerar bringen, der die Gelddinge des Klosters verwaltete. Hoffentlich konnte er noch einige der Klosterschüler finden, bevor es zum Mittagsmahl ins Refektorium ging. Glücklicherweise ließ der Cellerar es zu, dass ein paar der Küchenjungen das Refektorium verließen, da sie mit der Vorbereitung schon fertig waren. „Aber sieh zu, dass ihr pünktlich zum Mahl im Refektorium seid! Mehr als eine Stunde gebe ich euch nicht!"

Flankiert von seinen eifrigen Gehilfen ging Johannes zurück in den Dom. Wo könnte sich der alte Heinrich versteckt haben? Sie durchkämmten das Hauptschiff, blickten in die Beichtstühle, schauten hinter die Seitenaltäre, nichts. Die Tür zur Krypta und den Katakomben war verschlossen, dort konnte er also nicht sein. Auch im Querschiff und im Chorgestühl – niemand.

„Kommt, wir müssen ins Refektorium, sonst zieht Bruder Cellerar uns die Ohren lang. Ich werde die Sache vortragen, damit wir den Nachmittag frei bekommen und die Ländereien durchsuchen können. Anselm", er nickte dem jüngsten der Küchenjungen zu, „lauf zu Mechthild in die Schmiede und frag, ob der alte Heinrich wieder da ist. Ich entschuldige dein Zuspätkommen." Der kleine Anselm lief los. Sicherlich hatte er es besonders eilig, um nur möglichst wenig vom Essen zu versäumen. Eilig betrat der kleine Suchtrupp das Refektorium, wo die anderen Brüder sich bereits eingefunden hatten. Unter dem tadelnden Blick des Cellerar nahmen die Jungen ihre Plätze ein und senkten ihre Köpfe andächtig zum Tischgebet. Johannes trat leise zum Cellerar, um erneut das Missgeschick Heinrichs anzusprechen, und bekam die Erlaubnis, nach dem Abwasch mit den Jungen weiter nach dem alten Mann zu suchen, sollte er nicht schon längst wieder in der Schmiede aufgetaucht sein. Aber als etwas später Anselm ins Refektorium gelaufen kam, um sich nach einem reichlich kurz geratenen Dankgebet wie ausgehungert auf seinen Platz zu setzen, war diese Hoffnung zunichte. „Er ist nicht da", brachte der Junge zwischen zwei Bissen heraus. „Mechthild ist völlig verzweifelt. Sie sagt, sie hätte eine finstere Ahnung, der Himmel stehe ihr bei."

Also machten sich Johannes und sein kleiner Hilfstrupp auf, die Ländereien rund um Dom und Abtei zu durchsuchen. Je weiter sie ihre Kreise zogen, umso unwahrscheinlicher war es, den Alten auf dem Gelände des Klosters zu finden. Irgendwann kam ihnen auch aus dem Städtchen eine Gruppe entgegen, die laut nach Heinrich rief. „Auch hier nichts?", fragte Josef, der Schmied. „Mechthild ist ganz außer sich, sie redet von schlimmen Vorzeichen."

„Nein, Meister Josef, auch hier ist Heinrich nicht. Aber wir suchen weiter. Bis zum Einbruch der Dunkelheit haben wir noch Zeit." Johannes wandte sich ab, um mit seinen Helfern den Bachlauf abzusuchen. „Wir teilen uns auf. Wilhelm, Walther, ihr zwei lauft nach Osten. Wir anderen suchen in Westrichtung weiter."

Heinrich konnte sich doch nicht in Luft aufgelöst haben!

☙

„Hallo? Wo bin ich? Hilft mir denn niemand?" Ungehört verhallten die Schreie. „Mechthild? Kind, wo bist du? Hallo?"

Zischelnd liefen die verschreckten Ratten über den feuchten Boden der Katakomben. Hier unten, tief im Bauch des Domes. Heinrich rüttelte an der Tür, die die kleine Kammer verschloss. Nichts zu machen.

„Ich muss hier raus, das Kind hat Angst alleine im Dunkeln!" Husten schüttelte den alten Mann. Die Feuchtigkeit der Kammer, der modrige Geruch kroch ihm in die Eingeweide und machte ihm zu schaffen. Die Wände schienen ein Lied zu singen, den Missklang eines Wiegenliedes. Welche Dämonen griffen nach seinem Geist? Bilder stiegen in ihm auf, Bilder voller Vertrautheit und doch voller Schrecken. „Mutter? Vater?" Auch diese Rufe blieben ungehört. Erschöpft sank er an der Wand nach unten. „Mechthild, Hildchen, mein Kind, ich muss doch auf dich aufpassen. Schlafe, schlafe, gutes Kind ..." Murmelnd ließ er den Kopf sinken und verschwand in seiner Welt.

ꞇ೨

Zitternd schreckte Johannes aus dem Schlaf. Ein Schrei! In seinem Traum hatte er einen Schrei gehört, ganz fern und doch schrecklich real. Schlaftrunken blickte er sich im Schlafsaal um – alle anderen Novizen lagen in tiefem Schlaf. Nur gleichmäßiges Atmen war zu hören, manchmal ein kleines Schnarchen, aber gewiss kein Schrei. Wie spät es wohl war? Johannes lauschte, ob er die Kirchturmuhr schlagen hörte. Tatsächlich, vier helle Schläge, also volle Stunde, und dann vier langsame, dunkle. Vier Uhr in der Frühe. In einer halben Stunde würde man ihn ohnehin wecken, damit er sein Tagwerk im Dom beginnen würde. Dann konnte er auch jetzt schon aufstehen. Gähnend und möglichst leise schlüpfte Johannes in seine Kutte und machte sich auf den Weg. Kurz schaute er bei der Vigil vorbei, der Nachtwache, damit niemand vergebens in den Schlafsaal müsse, um ihn zu wecken. Müde wünschten die Brüder ihm einen gesegneten Morgen. Sicherlich freuten sie sich schon eine geraume Zeit darauf, endlich auch ein wenig Schlaf in ihren Kammern zu finden. Die Nachtstunden konnten lang werden im stillen Kloster.

Achtsam entriegelte Johannes wie jeden Morgen die Kirchenpforte. Leise, als würde er den Schlaf des Domes nicht stören wollen, stieß Johannes die Pforte auf und entzündete seine Kerze am ewigen Licht. Das Kirchenschiff lag finster und stumm vor ihm. Wie üblich fing er an, die Kerzen zu entzünden, die nach und nach den Raum in goldenes, flackerndes Licht tauchten. Auch heute begann er seine Runde bei den Kirchenfenstern. Doch halt! Vor Schreck fiel Johannes die Kerze aus der Hand und verlosch zischend auf dem Steinboden. Im flackernden Zwielicht schienen ihn die Tanzenden anzuschauen und ihm mit Blicken zu folgen. Oder war es nur eine Täuschung? Ein Trugbild? Mit zusammengekniffenen Augen betrachtete Johannes angestrengt die Gesichter der Tänzer. Doch, er war sich ganz sicher – sie lebten! Die Tänzer hatten etwas merkwürdig Untotes an sich. Natürlich, es waren nur kunstvoll zusammengefügte Glasmosaiksteine, aber dennoch – da war etwas unheimlich Lebendiges in ihren Blicken, und sie starrten den Novizen an. Stumme Schreie schienen sich ihnen zu entwinden und sich in Johannes' Seele einzubrennen. Und in seinem Inneren breitete sich wieder der nächtliche Schrei aus, der ihn im Traum heimgesucht hatte. Die Mosaike verschwammen vor Johannes' Augen und er brach keuchend auf dem Steinboden unter den Blicken der Totentänzer zusammen. In seinem Geist lichtete sich der Nebel und Bilder machten sich breit: ein Kellerverlies … Ratten … irres Lachen mischte sich unter erstickte Schreie … und da, wie aus unendlich weiter Ferne verworrene Worte wie aus einer anderen Welt. Johannes spürte noch, wie sein Kopf auf dem Stein aufschlug, dann wurde es Nacht um ihn herum.

❧

„Johannes? Johannes! Der Herr sei gepriesen, er kommt zu sich! Junge, was machst du denn für Sachen?"

Das Zimmer drehte sich. Johannes blinzelte, langsam nahm die Umgebung Konturen an. Er war im Schlafsaal, lag auf seinem Bett. Das Gesicht, das ihn besorgt anschaute, gehörte zum Bruder Apothekarius. „Trink das, Junge."

Ein Becher berührte seine Lippen. Verdünnter Wein. Johannes trank in kleinen Schlucken. „Was ist denn los?" Er wollte sich aufrichten, aber ein stechender Schmerz im Kopf ließ ihn wieder zurück auf sein Lager sinken.

„Du musst bei deinem Morgenrundgang im Dom gestolpert sein und deinen Kopf gestoßen haben. Und zwar gründlich! Ruh dich aus, Jakobus wird deinen Dienst übernehmen, bis du wieder auf den Beinen bist. Hoffentlich kannst du dich schnell auskurieren, denn es gibt eine Neuigkeit, die dich sehr interessieren wird: In zwei Wochen wird ein neues Kirchenfenster enthüllt! Meister Megol gab gestern Abend die Botschaft heraus. Das freut dich doch, nicht wahr? Wo du doch die Fenster so magst!"

Benommen schaute Johannes den Apothekarius an. „Was mag ich?"

„Na, die Totentanz-Fenster. Das sieht doch jeder, wie bewundernd du sie anstarrst – man könnte während der Messe schon beinahe Sorgen um deine Andacht haben."

„Totentanz, ja …" Johannes griff sich an den schmerzenden Kopf. „Irgendwie … Moment, ich musste doch …"

„Nun, nun, du musst gar nichts. Ausruhen, das musst du höchstens. Der Wein war mit Baldrian vermischt, du wirst dich jetzt beruhigen und noch etwas schlafen." Unnachgiebig drückte der Apothekarius Johannes wieder auf das Lager. Johannes wurden die Lider schwer. Während der Schlaf ihn umfing, begannen Gestalten vor seinen Augen zu tanzen. Im Reigen mit dem Sensenmann vollführten sie ungelenke Tanzschritte. „Tanz mit uns, Johannes, komm zu uns und tanz!" Dann fiel Johannes in einen bleischweren, traumlosen Schlaf.

ॐ

Fiepend huschten die Ratten über den feuchten Steinboden. Trübes Licht flackerte in Kerzenlaternen. Gemurmel durchbrach die Stille – fremde Worte einer uralten Sprache. Plötzlich ein Schrei, gefolgt von einem metallischen Klirren. Dann nur noch Wimmern.

„Nein, Herr, bitte ... ich muss doch nach Hause ... das Hildchen ...“

„Schweig.“ Eine eiskalte Stimme fuhr dazwischen. „Bevor die Sonne aufgeht, hast du keine Sorgen mehr.“

❧

Als Johannes erwachte, fühlte er sich besser. Es war bereits kurz nach Mittag. Der tiefe Schlaf hatte ihm gutgetan, er war gestärkt genug, um aufzustehen und seinen klösterlichen Pflichten nachzugehen. Heute war er für den Garten eingeteilt und half, Küchenkräuter und allerlei heilkräftige Pflanzen zu ernten „Habt Ihr Neues von Heinrich gehört?“, fragte er den Gärtner, der bedauernd den Kopf schüttelte.

„Ich war in der Frühe auf dem Markt, um nach Saatgut zu schauen, und habe die Leute gefragt. Niemand hat ihn gesehen, Mechthild gebärdet sich, als sei sie von sieben Dämonen besessen.“ Er bekreuzigte sich und Johannes tat es ihm nach. „Die arme Frau. Jedoch, so verwirrt, wie der alte Heinrich ist, mag sie nicht ganz im Unrecht sein. Ihm kann etwas zugestoßen sein, der Herr halte seine Hand über ihn.“

„Aber was?", überlegte Johannes. „Wir waren überall, haben die Ländereien durchkämmt, im Städtchen wurde auch überall gesucht. Der Wald? Ob ein alter Mann so weit laufen kann?"

„Kaum. Johannes, ich muss gestehen, auch ich bin ratlos. Ich frage mich, ob Heinrich verwirrten Geistes in irgendeine Scheune geraten ist oder einen Stall, und ob er dort vielleicht versehentlich eingeschlossen wurde. Nun schau nicht so drein, Junge, unser Herr und Heiland kam in einem Stall zur Welt. Da wird einem harmlosen alten Mann nichts zustoßen. Wir werden den Ausrufer im Städtchen bitten, den Leuten zu sagen, dass sie alle nachschauen sollen."

„Ein guter Plan. Und in den Kellern und Schuppen!"

„Und in den Weinkellern." Lächelnd stieß der Gärtner Johannes in die Seite. „Womöglich lässt sich der gute Heinrich mit den Gaben des Weinbergs die Zeit nicht lang werden und hat gar kein Interesse daran, von uns gerettet zu werden!"

„Gebe Gott, dass Ihr recht behaltet. Ich gehe zum Ausrufer. Würdet Ihr mich bitte entschuldigen?"

„Lauf nur zu, Junge, und Gott befohlen!"

❧

Es tat Johannes gut, etwas für Mechthild und ihre Familie zu tun. Wen auch immer er traf auf seinem Weg zum Ausrufer, sie alle versprachen, in die Winkel ihrer Gehöfte zu schauen, auf Heuböden und in Vorrats-keller, um nach Heinrich zu suchen. Jeden Stein würden sie umdrehen, versicherten sie.

Guten Mutes kehrte der Novize zum Kloster zurück, wo es bereits zur Vesper läutete und die Brüder sich im Chor des Doms einfanden. Auch Johannes nahm seinen Platz ein, lauschte den Worten des Abtes und sang die altvertrauten Choräle mit. Er durfte sich glücklich schätzen, des Lateinischen mächtig zu sein, um die heiligen Worte wieder und wieder in sich aufnehmen zu können. Doch mischten sich abermals leise Kopfschmerzen in seine Gedanken – er würde bitten, heute noch einmal früh zu Bett gehen zu dürfen, damit er sich morgen früh wieder kräftig genug fühlte für seinen Morgendienst – schließlich war das seine Aufgabe, und er wusste, dass er die frühen Morgenstunden im Dom weit mehr schätzte als Jakobus, der es schon fast als Strafe empfand, Johannes vertreten zu müssen.

❧

Plötzlich fuhr Johannes aus düsteren Träumen hoch. Wie lange hatte er geruht? Eine Minute? Eine Stunde oder gar eine ganze Nacht? Gleich-gültig. Wieder hatte er von Schreien geträumt, aber diesmal näher, realer – mehr als ein Traum. Als würden sie sich seiner Gedanken bemächtigen, sich in seinem Verstand einnisten. Und da waren sie – Stimmen! Nebel zog in Johannes' Geist auf, und aus diesem Nebel erwuchsen Gestalten und körperlose Stimmen, die ihn riefen, die ihn zogen, hinab in die Tiefe seines Verstandes. Weg von seinem Selbst, weg von allem, was er je gekannt hatte, in unsichtbare Finsternis hinunter. Bis es wieder schwarz um ihn wurde und er in einen fast schon bewusstlosen Schlaf sank. Und seine Träume führten ihn fort aus dem Schlafsaal, fort aus den schützenden Mauern des Klosters und des Domes, tief in eine andere Welt, drunten in den Eingeweiden der Kirche, wo Geister und Dämonen auf ihn warteten und einen Tanz des Wahns mit seinem Verstand vollführten.

❦

Johannes schlug nach seinem Angreifer – doch es war nur der Bruder aus der Vigil, der ihn zum Dienst weckte, bevor er sich seinerseits zur Ruhe legen konnte. Klopfenden Herzens zwang sich Johannes zur Ruhe, bevor die Erinnerungen an seinen Traum ihn einholten. Traum? Oder Wirklichkeit? Das konnte der Novize nicht mehr unterscheiden. Zwar verzog sich der Nebel aus seinem Geist, doch diese merkwürdige und doch bestimmte Ahnung blieb. Vor allem aber auch der Sog, der nach Johannes' Verstand griff und ihn fortzuziehen schien. Fort. Weit weg aus der Geborgenheit des Doms.

Er musste diesen Schreien und den Stimmen auf den Grund gehen, die sein übernächtigter Verstand ihm offenbarte. In der Stille der

Finsternis hatte er sie hören können, fast schon sehen und packen. Er ahnte, dass er neulich nicht gestolpert war, als er sich den Kopf aufgeschlagen hatte, sondern dass etwas ganz anderes dahinter verborgen lag. Etwas Unheiliges. „Herr, vergib mir meine ketzerischen Gedanken." Johannes bekreuzigte sich. Vorsichtig setzte er sich auf. Der Schwindel ließ nach, aber er spürte ganz genau die Anwesenheit von etwas Dämonischem.

Der Totentanz. Dorthin musste er.

Vorsichtig schlich er Richtung Dom und drückte die Seitenpforte auf, als er zurückzuckte. Da saß jemand! Eine gebeugte Gestalt in einer Kapuzenkutte hockte in der vordersten Kirchenbank und wiegte sich sanft vor und zurück, beinahe wie im Takt einer unhörbaren Musik. Im Zwielicht glitt die Kapuze hinab und offenbarte einen fast kahlen Schädel. Langsam drehte er sich zu Johannes um, ein Grinsen erschien auf dem Gesicht, als sich weiße Augen auf ihn richteten.

Johannes atmete auf. Der alte Pius.

Der blinde Mönch schien Johannes geradewegs anzublicken. „Geh wieder schlafen, Junge. Das ist kein Ort für dich. Am Ende wirst du noch der Ketzerei bezichtigt. Bleib fern." Mit diesen Worten humpelte der Greis auf Johannes zu. Seine trüben Augen blickten direkt in seine Seele, so schien es dem Jungen. „Hör auf mich, ja?"

„Was meint Ihr, Bruder Pius? Welches ist kein Ort für mich? Und wieso Ketzerei?"

„Das weißt du sehr genau. Ich bin blind, aber ich sehe mehr als sie alle zusammen. Du bringst dich ins Unglück, Junge."

Johannes schluckte. Ein kalter Schauder lief über seinen Rücken. „Kommt, Bruder Pius, ich führe Euch."

„Triff mich morgen in aller Frühe im Beichtstuhl. Bevor du die Kerzen entzündest."

„Natürlich, Bruder."

Gemeinsam verließen sie die Kirche.

Ↄↄ

Es lohnte sich für Johannes gar nicht mehr, sich erneut schlafen zu legen, bevor sein Morgendienst beginnen würde. Nachdem er sich vergewissert hatte, dass der alte Pius friedlich in seiner Zelle lag, machte er sich erneut auf in Richtung Dom.

Diesmal entzündete er aber nicht als Erstes die Kerzen im Kirchenschiff, sondern lediglich eine Kerzenlaterne. Es zog ihn in die Tiefe, dorthin, wo die Stimmen im Nebel ihn riefen. Tief ins Innere. Die Katakomben. Uralte Steine, Gewölbe, die seit Menschengedenken Geheimnisse bargen. War nicht die Krypta das Herz einer jeden Kirche? Dort, wo die Gebeine bestattet waren. Das Eigentliche.

Mit der Laterne sollte sich der Eingang zur Krypta so weit beleuchten lassen, dass sich Johannes wenigstens ein bisschen umschauen konnte. Er konnte seine Ahnung kaum benennen, wurde sie doch nur aus wirren Erinnerungen gespeist, und betete zu allen Heiligen, für ihn bei Gott um Vergebung für seine ketzerischen Träume und Gedanken zu bitten. Natürlich wusste er, wie es um die armen Seelen bestellt war, die sich solchen unheiligen Vorstellungen hingaben. Wenn nicht gar der Leibhaftige … Rasch bekreuzigte sich Johannes mit Weihwasser. Und das schlichte Holzkreuz, das er wie alle Fratres an einer Lederkordel um den Hals trug, hielt er fest von seiner Faust umschlossen an sein Herz. „Möge der Herr meine Schritte lenken. Ave Maria, gratia plena, dominus tecum …"

Auf zitternden Beinen ging er die Treppe in Richtung der Katakomben hinab. Mit jeder Stufe war es ihm, als legte sich ein unheimlicher Schatten über ihn, lähmte ihn mehr und mehr und nehme ihm alle Zuversicht. Johannes rieb sich die Augen. Das waren doch nur Hirngespinste in der nächtlichen Stille. Oder? Vorsichtig drückte Johannes die Klinke zur Krypta nach unten. Nichts. Aber erstaunlich leichtgängig. Wo mochte der Schlüssel verborgen sein? Johannes tastete im Schein der Laterne die Simse ab, fuhr durch die Fugen, spähte in die Ecken. Kein Schlüssel. Natürlich – wer würde schon den Schlüssel zu geheimnisvollem Tun einfach so neben dem Türschloss aufhängen? Quasi als Einladung für neugierige und übernächtigte Novizen? Dennoch, Johannes brauchte eine Möglichkeit, diese Tür zu öffnen. Nur wie? Sie war ein unüberwindbares Hindernis.

Schließlich konnte Johannes nicht einfach zum Cellerar spazieren und fragen. Fast musste er bei dem Gedanken grinsen. „Bruder Cellerar, darf ich zufällig den Schlüssel zur Krypta haben? Ich glaube, dass dort Unheiliges vor sich geht und möchte mir die Ketzerei mal aus der Nähe anschauen." Johannes schüttelte den Kopf. So ging es ganz bestimmt nicht. Er wandte sich zum Gehen – es wurde schließlich höchste Zeit für die Kerzen, den eigentlichen Grund seines Kommens – als sein Blick über den Boden streifte. Da war doch was.

Langsam beugte er sich nach vorn und leuchtete näher an den Boden. Kratzer. Nein, Kerben ... Linien, die sich mit etwas Fantasie zu einem Muster ergänzten ... Johannes stockte der Atem – ein Pentagramm! Der Drudenfuß! Der blinde Pius hatte recht, Ketzerei und Hexenwerk! Ihm wurde kalt, und Entsetzen schlich sich in seine Eingeweide. Und war es nur Trug oder brachte der Gang, der hinter der Tür in die Tiefe führte, einen Klagelaut zu ihm herauf?

Johannes erschauderte und wich unwillkürlich zurück. Er sollte zusehen, dass er nach oben kam und sein Tagwerk begann, als wäre nichts geschehen.

Doch dann hörte er es wieder: Laute, die klagend aus einer anderen Welt zu kommen schienen. Er schreckte weiter zurück. Irgendwas zog ihn wieder hinauf in den Dom. Ins Kirchenschiff. Zum Totentanz.

Mit zitternden Beinen erklomm Johannes Stufe um Stufe, bis er wieder im Kirchenschiff stand. Ein Flüstern. Woher kam es? Wirklich aus Richtung der Totentanz-Fenster? Oder was gaukelte ihm sein Kopf vor?

Wie magisch angezogen ging Johannes langsam hinüber. Er konnte seinen Blick nicht von den Fenstern wenden, hypnotisch schon fast. Es ging etwas von ihnen aus ... Unruhe? Irgendetwas passierte, Johannes konnte es in den Augen der Tänzer sehen. Und der Tod? War sein Grinsen nicht ungleich hämischer als vormals? Und dann hörte er wieder jene rufende Stimme, die tief aus den Eingeweiden des Doms zu kommen schien. Ihm war eines klar: Er brauchte den Schlüssel zur Krypta. Sonst würde ein Unglück geschehen.

ↄ

Johannes konnte sich nicht mehr erinnern, wie er den Tag und die Nacht hinter sich gebracht hat, als er übernächtigt zu seinem Morgendienst tappte. Diesmal sogar noch etwas früher – an Schlaf war ohnehin nicht zu denken gewesen, und da war doch die rätselhafte Einladung von Pius, ihn zu früher Stunde im Beichtstuhl zu treffen. So machte sich Johannes wankenden Schrittes auf den Weg. Was würde der Blinde ihm offenbaren? Es war kein Geheimnis im Kloster, dass der Alte nicht mehr ganz bei Sinnen war und bisweilen wirr redete. Aber sagte man nicht, dass Kinder und Greise stets die Wahrheit sagten? Und hatte man nicht schon von Heiligen gehört, die in Gesichtern sprachen? Denen mehr offenbart wurde, als ein einfacher Mensch glauben mochte? Woher wollte Johannes die Gewissheit nehmen, dass Pius wirklich einfach nur ein verwirrter Geist war? Vielleicht kannte er tatsächlich die reine Wahrheit und war erfüllt vom Geist Gottes.

Klopfenden Herzens betrat Johannes den Beichtstuhl. „Vergib mir, Vater, denn ich habe gesündigt", sprach er die altvertraute Formel.

„Deine Sünden interessieren mich nicht, mein Junge. Da, wo ich bald hingehen werde, werden die Sünden vom Herrgott höchstselbst gezählt. Ich bin es leid, sie hier zu bekunden. Schon sehr bald wird ein Höherer sie bewerten."

„Pius, Ihr sprecht in Rätseln. Was ist es, was Ihr mir mitteilen wollt?"

„Ich will, dass du dich fernhältst, Junge. Halte dich fern vom Totentanz. Ich weiß, wie du die Bilder anstarrst, und ich sehe, was in deinem Herzen vorgeht. Ich bin blind, aber ich bin kein Narr."

„Aber Frater, alle sind fasziniert von diesen Kunstwerken. Meister Megol ist ein großartiger Künstler und erschafft Werke von unfassbarer Qualität. Das bemerke ja nicht nur ich, alle Besucher der Messe sind gebannt von den Mosaiken. Ihr wisst doch sicherlich auch, wie zum Bersten voll der Dom ist, wenn ein neues Fenster angekündigt ist. Alle wollen die Fenster bestaunen, nicht nur ich."

Der Alte stieß ein heiseres Lachen aus. „Junge, stell dich nicht dümmer, als du bist. Fast möchte ich glauben, nicht ich bin derjenige mit dem närrischen Verstand, sondern du, mein junger Bruder.

Als ob ich von der Neugier der einfachen Gläubigen spreche! Johannes …"

Dem Novizen wurde es sehr unwohl im Beichtstuhl. Hatte Pius ihn entlarvt? Aber wie? Mit niemandem hatte er über seine gotteslästerlichen Gedanken gesprochen. Nicht mal bei der Beichte. Nicht mal dem Abt gegenüber!

„Frater, ich weiß wirklich nicht …"

„Johannes, aber ich weiß es", unterbrach der Alte ihn schroff. „Die Krypta. Ich habe auch keinen Schlüssel. Wozu auch? Als ob ich das Schlüsselloch treffen würde." Ein krächzendes Lachen ertönte. „Der Abt. Jungchen, halt dich an den Abt. Wer, wenn nicht er? Nicht der Bruder Cellerar ist der Herrscher über die Schlüssel des Domes. Auch er muss sich die Schlüssel ausleihen. Der Abt ist es, der sämtliche Schlüssel hat. Tu, was er sagt!"

Johannes schwindelte es. War es die abgestandene Luft im Beichtstuhl, der penetrante Weihrauch, der sich in den schweren Samtvorhängen hielt? Oder war es nicht viel eher die Tatsache, dass Pius ihn ertappt hatte? Der Greis kannte seine Gedanken. Woher? Ein Seher? Konnte es, durfte es das geben?

„Aber wie soll ich den Abt fragen? Ihr habt es selbst gesagt." Johannes' Stimme wurde zu einem Flüstern. „Ketzerei …"

„Ketzerei?" Wieder das heisere Kichern des Greises. „Oh ja, Ketzerei. Deswegen rate ich dir, mein Junge, vergiss das alles. Tu, was der Abt sagt. Ora et labora. Gotteslob und rechtschaffene Arbeit. Erfreue dich an den Fenstern wie jeder andere Gottesfürchtige auch. Aber vergiss das andere. Du stürzt dich ins Verderben. Und nicht nur dich."

Johannes schwankte auf seinem Schemel. Was sollte das nun wieder bedeuten? Nicht nur ihm selbst würde er Unglück bringen? Wem denn noch?

„Bruder Pius?"

„Junge, ich meine es doch nur gut mit dir", klang Pius nun versöhnlicher, fast väterlich. „Ich will nicht, dass dir etwas zustößt. Nicht dir und niemandem sonst im Kloster. Ruhe und Frieden, das ist alles, was ich mir wünsche. Nicht nur für mich oder für dich, sondern für uns alle hier. Genug. Geh jetzt und verrichte deinen Dienst. Ich finde selbst zurück in meine Kammer."

Der Morgen graute. Pius zog mit einem Ruck den Vorhang des Beichtstuhls beiseite und machte sich tappend auf den Weg zurück ins Kloster. Zurück ließ er einen verwirrten und ängstlichen Novizen, der sich mechanisch daran machte, seinen Dienst zu verrichten und die Kerzen zu entzünden.

ఴ

Johannes ließ sich auf eine der Kirchenbänke sinken. Heute früh hatte er das sonst so geliebte Entzünden der Kerzen nicht genießen können – wie auch? Nach all den Rätseln, die der alte Mönch ihm aufgegeben hatte. Wieso ins Unglück stürzen? Genau das war es doch, was er zu verhindern versuchte. Wenn an seinen Ahnungen etwas Wahres sein sollte, dann lag es doch an ihm, Unheil abzuwenden. Nicht heranzubringen. Deswegen hatte er doch fieberhaft den alten Heinrich gesucht und die Suche eigentlich noch nicht aufgegeben, wenn nicht diese merkwürdigen Tagträume dazwischengekommen wären. Wie also sollte er dadurch, dass er einen unschuldigen Greis zu retten versuchte, die ganze Klosterbruderschaft ins Verderben reißen? Das ergab für Johannes keinen Sinn.

Und der Abt, ja. Der Abt hatte natürlich sämtliche Schlüssel, die es in Kloster und Kirche zu benutzen galt. Darauf hätte er auch selbst kommen können. Jedoch konnte er den Abt genauso wenig wie den Cellerar einfach ansprechen und um die Schlüssel bitten. Und der Novize musste es sich eingestehen – vor dem Gedanken, der Ketzerei verdächtigt zu werden, schlotterten ihm die Knie vor Angst. Andererseits: Der Abt war als gütiger Mann Gottes bekannt. Ob er sich dem Abt anvertrauen könnte, natürlich unter dem Schutz der Beichte? Vielleicht, nein, ganz bestimmt könnte er ihm zumindest helfen, seiner unruhigen Seele Ruhe zu verschaffen. Absolution. Auch das war es, wonach Johannes sich sehnte. Vergebung seiner gotteslästerlichen Gedanken. Aber natürlich auch Klarheit

darüber, was mit Heinrich geschehen war. Wenn er den Worten Pius'
Glauben schenken mochte, könnte der Abt ihm vielleicht sogar beides
verschaffen. Diese Aussicht gab Johannes neue Hoffnung.

Die Glocken rissen ihn aus seinen Gedanken. Zeit für die Frühmesse.
Bei der nächsten Beichte, die der Abt abnehmen würde, nahm Johannes
sich vor, würde er bei ihm vorsprechen. Dann würde sich alles aufklären
und zusammenfügen – so hoffte der Junge.

೪

Die Zeit schlich dahin. Bis der Abt persönlich die Beichte abnehmen
würde, sollte es Samstagabend werden. Denn nur vor dem Hochamt
stand der Abt dazu bereit. Je mehr Johannes sich überlegte, was er
dem Abt sagen und welche Fragen er vielleicht stellen könnte, umso
unruhiger wurde er. Als auch Einkehr und Gebet ihm keine Ruhe
bringen konnten, beschloss er, die Zeit bis zum Samstag zu nutzen
und weiter nach Heinrich zu suchen, der immer noch nicht wieder
aufgetaucht war. Die Hoffnung, den alten Mann noch lebend zu
finden, schwand mit jedem Tag. Dennoch. Johannes wollte nichts
unversucht lassen und flüchtete vor seinen Träumen und Gedanken,
indem er sich in immer neue Suchaktionen stürzte. Er durchwan-
derte ein ums andere Mal die Ländereien, durchsuchte die Wirt-
schaftsgebäude des Klosters und zog seine Kreise immer weiter und

weiter. Kein Gedanke schien ihm zu aberwitzig, um den Alten vielleicht doch noch finden zu können. Brunnen, Bachläufe, Viehställe, Kellerlöcher … Doch vergebens.

Obwohl die Zeit nicht zu verstreichen schien, kamen der Samstagabend und die Zeit der Beichte. Johannes rief sich ins Gedächtnis, was er sagen und fragen wollte, und glitt leise in den Beichtstuhl, von dem er wusste, dass der Abt auf der anderen Seite sitzen würde.

„Vergebt mir, Pater, denn ich habe gesündigt", begann er das Gespräch mit den altvertrauten Worten.

„Was hast du getan?", hörte Johannes die Stimme des Abtes und atmete auf. Tatsächlich, er sprach mit dem Abt.

„Träume, Pater, ich werde von Träumen heimgesucht."

„Unkeusche Träume?"

Vermutlich war dies eine naheliegende Vermutung bei Novizen, aber Johannes hätte über diese profane Deutung fast lachen müssen, wäre es ihm nicht so schwer ums Herz gewesen. Was hätte er darum gegeben, es mit so simplen Problemen wie Unkeuschheit zu tun zu haben!

„Nein, Pater. Andere Träume. Unheilige Bilder."

„Was meinst du damit, mein Sohn?"

„Nun, in den Nächten träume ich von Stimmen, die rufen und klagen. Sie ziehen mich hinab in die Katakomben."

„Was wollen sie von dir?"

„Ich weiß es nicht. Als würden die Seelen der Toten um Hilfe und Erlösung bitten."

„Und was möchtest du dann tun?"

„Ich würde gern den Stimmen nachlaufen und schauen, was sie wollen. Ob ich ihnen helfen kann, ob ich sie retten kann. Sie haben irgendetwas mit den Kirchenfenstern zu tun, das spüre ich."

„Was sollen denn die Seelen der Toten mit den Fenstern von Meister Megol zu tun haben?"

„Ich kann es nicht genau sagen, Pater, aber manchmal habe ich den Eindruck, dass die Fenster nicht nur Kunstwerke sind, sondern dass sie lebendig sind. Oder so ähnlich. Die Figuren scheinen mir, als würden sie wahrhaftig leben."

„Allein der Herr vermag Leben zu schenken, das solltest du wissen."

„Natürlich, Pater, das weiß ich auch. Aber dennoch. Irgendwie hat Meister Megol es vollbracht, die Bilder besonders lebendig scheinen zu lassen."

„Das ist kaum verwunderlich, mein Sohn, Meister Megol ist ein wahrer Künstler auf seinem Gebiet. Daher hat das Kloster ihn beauftragt, die Fenster zu gestalten und zu bauen. Zum Lobe des Herrn nur das Beste. Und Meister Megol ist der Beste."

„Zweifelsohne, Pater. Aber die Bilder scheinen eine ganz besondere Wirkung zu haben, eine spezielle Ausstrahlung."

„Das hast du ganz richtig bemerkt! Das empfinden die Gläubigen auch, die in die Messe strömen, um die Bilder zu bewundern, und die sehnsüchtig auf ein neues Bild warten. Man kann fragen, wen man will, alle sind wie gebannt von der neuen Herrlichkeit des Domes. Wir sind schon weit über die Grenzen unseres Klosters hinaus bekannt als die Kirche mit den großartigen Fenstern."

„Das ist sehr erfreulich, Pater, dient es doch alles zum Ruhm des Herrn."

„So ist es, mein Sohn. Die Menschen kommen hierher, um Gottes Nähe zu erleben, und die neuen Kirchenfenster leisten einen wichtigen Beitrag dazu." Der Abt konnte seine Begeisterung über die Fenster und den neuen Ruhm des Klosters nicht verbergen. Johannes teilte sie, was ihn aber nicht von den unheimlichen Visionen ablenken konnte. Natürlich waren die Fenster wunderschön. Er war der Erste, der das bezeugen konnte, schließlich gründete sich seine Liebe zu den Morgendiensten einzig und allein auf den Kunstwerken. Aber etwas anderes mischte sich in seine Empfindungen. Nicht nur Hingezogenheit, sondern auch Entsetzen.

„Aber Pater, die Stimmen, die ich in meinen Träumen höre, haben irgendwie mit den Fenstern zu tun. Als würden die Toten mich rufen. Und um Erlösung bitten." Johannes wusste, dass er weit ging mit seinen Worten. Aber er musste sie aussprechen, er brauchte Klarheit.

„Mein Sohn, die Toten sind in der Hand des Herrn. Sie rufen nicht bei den Lebenden um Hilfe. Das weißt du doch."

„Ja, Pater, das weiß ich. Dennoch sind diese Träume so wirklich. Manchmal frage ich mich, ob es Gesichter sein können. Ihr wisst, andere gottesfürchtige Menschen hatten schon Visionen, die nicht unheilig waren, sondern vom Heiligen Geist gegeben."

„Das, mein Sohn, ist nicht unsere Aufgabe herauszufinden. Das würde Sache der Inquisition sein."

Johannes schauderte allein bei dem Wort: Inquisition. Grausames hatte er schon über den Inquisitor gehört. Solch schlimme Dinge, dass sich der Novize insgeheim fragte, ob das Tun der Inquisition tatsächlich Gottes Wille sein konnte. Aber sicherlich war auch dieser Gedanke schon wieder beinahe ketzerisch.

„Der Inquisitor …"

„Du brauchst keine Angst zu haben, mein Sohn. Du musst nur erkennen, dass das, was du Visionen nennst, nur Träume sind. Hirngespinste. Das Einzige, was diese dir sagen wollen, ist, dass du dich nicht genügend im Gebet versenkst. Beten und schweigen musst du, um deinen Geist von den gotteslästerlichen Gedanken zu befreien. Bete jeden Abend zehn Rosenkränze und du wirst sehen …"

Johannes unterbrach ihn, ohne nachzudenken. „Pater, ich muss in die Katakomben. Ich muss wissen, was die Stimmen wollen. Ihr habt den Schlüssel, Ihr könntet mich hinlassen!" Kaum hatte er die Worte ausgesprochen, erschrak er vor seiner Unverfrorenheit. „Verzeiht meine Worte, ich wollte nur …"

„Schweig, Junge. Niemals werde ich zulassen, dass diese unheiligen Vorstellungen noch weitere Nahrung in deinem Geist finden, sich ausbreiten und deine Seele schwarz färben. Bete, und deine Seele wird heilen. Gibst du dich weiter diesen gottlosen Träumen hin, wird die Inquisition nur dein kleinstes Problem sein, wenn nicht gar der Leibhaftige …"

Johannes bekreuzigte sich. „Verzeiht meine sündigen Worte."

„Wenn du nicht aufhörst", die Stimme des Abtes schwoll an, „dich in diese sogenannten Visionen hineinzugeben, kann ich nicht dafür garantieren, dass das Kloster seine schützende Hand auch weiterhin über dich halten kann. Und die Inquisition hat ihre Mittel, Gotteslästerliches aus deinen Sinnen zu vertreiben und deine Seele zu reinigen. Denk an meine Worte!"

„Selbstverständlich, Pater. Ich werde beten, damit meine Seele und mein Verstand wieder zu sich kommen und nur noch Gotteslob Gehör finden wird."

„Ego te absolvo. Bete jeden Abend zwanzig Rosenkränze."

Zwanzig? Nicht mehr zehn?, wunderte sich Johannes. So viel schlimmer und böser war sein eigentliches Vorhaben, in die Krypta zu gelangen? Wahrscheinlich hatte der Abt recht. Pius hatte ja auch gesagt, dass er sich an den Abt halten sollte. Aber die Stimmen … Energisch schüttelte Johannes den Kopf. Keine Stimmen. Keine Rufe mehr, nur noch Gebet. Dann würde alles wieder gut.

Den Rosenkranz durch die Finger gleiten lassend verließ Johannes den Beichtstuhl.

∾

Keine Träume mehr, keine Stimmen. Da war sich Johannes sicher. Mit neuem Mut machte er sich ans Tagwerk und nahm sich vor, die Totentanz-Fenster wieder wie früher zu sehen: als wunderschönes, unnachahmliches Meisterwerk von bester Ausführung. Keine Blicke, keine auffordernden Gesten sollten ihm jemals wieder den Blick auf das Wesentliche verstellen, nämlich auf das Lob Gottes. Und allein zu diesem Zweck wurde der Totentanz gestaltet, das sagte sich der Novize wieder und wieder. Gebete murmelnd steckte er wie schon etliche Male zuvor die Kerzen an und verbat sich, die Lichtspiele im Glasmosaik zu betrachten. Wollten diese Lichter ihn doch nur wieder verführen und vom Weg Gottes abbringen. Mit gesenktem Blick sorgte Johannes dafür, dass der Dom bereit war für den anbrechenden Tag. Ohne sich noch einmal nach den Fenstern umzublicken, verließ er das Kirchenschiff, um mit den anderen Brüdern zur Frühandacht wieder zu erscheinen.

Doch allzu lange konnte er sein Vorhaben, nicht auf das flackernde Kerzenlicht zu achten, das sich in den Gesichtern der Tanzenden brach, nicht durchhalten. Immer wieder glitten seine verstohlenen Blicke dorthin. Ob nicht etwa doch?

„Pater noster, qui es in coelis, sancteficetur nomen tuum …", betete Johannes gegen das Verlangen an, wieder das untote Leben in den Augen der Tanzenden zu erspähen. Er wollte, er musste seinen Geist vor den unheiligen Versuchungen verschließen. Aber da! War da nicht ein Zwinkern in den Augen der Jungfrau? Glitt nicht ein verheißungsvolles Lächeln um den Mund des Bettlers? Die Totentänzer schienen ihn herauszufordern: „Schau her, Johannes, folge uns und unserem Tanz! Du weißt es doch besser!" So schienen sie alle zu locken und zu verführen.

Johannes schüttelte den Kopf. „Adveniat regnum tuum. Fiat voluntas tuas …", fuhr etwas lauter fort, obwohl das Vaterunser in der Morgenandacht überhaupt noch nicht an der Reihe war. Die anderen Brüder sahen sich irritiert zu Johannes um. Jakobus neben ihm stieß ihn in die Rippen. „Leise jetzt, was hast du denn nur?"

Johannes verstummte, nickte und starrte geradeaus zum Mönch, der aus der heiligen Schrift las. Nicht schauen, nicht schauen, nicht schauen! Die Gedanken in Johannes Kopf kreisten nur noch um das eine. Aber wie konnte er seinem Verstand gebieten, etwas gerade nicht zu denken? Lautlos betete er das Vaterunser weiter, ein ums andere Mal, bis die quälende Morgenandacht unter den lauernden Blicken der Totentänzer endlich zu ihrem Ende fand.

„Johannes, der Herr sei dir gnädig, was ist denn los mit dir?" Besorgt trat Jakobus an Johannes' Seite, als sie gemessenen Schrittes die Kirche Richtung Kloster verließen. „Du wirkst ja, als hättest du ein Gespenst gesehen!"

„Sei still!" Unwillkürlich sah sich Johannes um, ob keiner der Brüder Jakobus' Worte mitgehört hat, und bekreuzigte sich.

„Aber, aber! So schreckhaft kenne ich dich ja gar nicht. Sonst immer so forsch und wissbegierig, und jetzt duckst du dich weg, sobald auch nur eine Fliege in deine Nähe kommt." Jakobus schüttelte den Kopf. „Da soll sich einer auskennen bei dir."

„Das verstehst du nicht", erwiderte Johannes ungewollt schroff. „Aber das wird schon wieder. Der Herr wird mir helfen. Er muss einfach …" Wieder verfiel Johannes in gemurmelte Gebete, während sein Rosenkranz durch seine Hände glitt.

„Dir ist nicht mehr zu helfen, Johannes." Kopfschüttelnd ging Jakobus seiner Wege. „Aber", er wandte sich noch einmal um, „komm nicht auf den Gedanken, schon wieder in Ohnmacht zu fallen. Sonst muss ich wieder mitten in der Nacht aufstehen und deinen Dienst übernehmen!"

☙

„Panem nostrum cotidianum da nobis hodie. Et dimitte nobis debita nostra, sicut et nos dimittimus debitoribus nostris …“ Wieder und wieder murmelte Johannes das Vaterunser vor sich hin, sehr zum Leidwesen der anderen Novizen, die mit ihm den Schlafsaal teilten.

„Nun sei doch still, ich will endlich schlafen!“, zischte es aus dem Nachbarbett. Unwillig grunzend warf der Mitnovize sich auf die andere Seite und vergrub seinen Kopf unter der Decke.

Johannes fand keine Ruhe. Er hatte gehofft, durch die geheiligten Worte zur inneren Einkehr zu finden, damit der Schlaf ihn übermannen würde. Doch weit gefehlt. Seit geraumer Zeit wisperte Johannes das Vaterunser wieder und wieder vor sich her, mittlerweile schon fast mechanisch. Doch kaum, dass ihm die Lider schwer wurden, schreckte er auch schon wieder von dunklen Ahnungen hoch. Bloß nicht aufhören zu beten, damit er seinen Geist reinigte! Und schon wieder begann er von vorn: „Pater noster qui es in coelis …“ Doch irgendwann war der Schlaf so gnädig, Johannes zu holen. Nach einem letzten gemurmelten „Amen“ überfiel ihn die Müdigkeit und ein bleierner Schlaf legte sich auf ihn.

❧

Auf leisen Sohlen, fast schon schwebend ging Johannes die Treppe Richtung Krypta hinunter. Die Tür unten stand wie durch ein Wunder offen, und ein sanfter Feuerschein strahlte zu Johannes empor. Wie von selbst durchschritt der Novize die Tür, als hätte er nie im Leben etwas anderes getan, als in die Katakomben des Domes zu gehen. Seine Füße fanden den Weg ganz ohne sein Zutun. Es tat sich vor ihm ein Labyrinth von Gängen auf, mal enge, mal weite Korridore, mal aus grob behauenen Steinen, mal blank poliert. Er folgte seinem Weg, als würde er von unsichtbarer Hand geführt.

Da! Da war wieder ein altbekannter Laut. Eine klagende Stimme, die merkwürdig hauchend wie ein Luftzug nach ihm rief: „Johannes!"

Merkwürdigerweise wurde Johannes nicht von Furcht geschüttelt, wie er es eigentlich erwartet hätte. Der Ruf klang im Gegenteil fast schon vertraut wie ein guter Freund, der ihn zum Besuch bittet.

Johannes folgte dem Klang und trat in weitere Kellergänge, die sporadisch von flackernden Kerzen erhellt waren. Dennoch lag sein Weg deutlich vor ihm. „Dein Wort ist meines Fußes Leuchte und ein Licht auf meinem Pfad", sprach Johannes die vertrauten Psalmworte. Aber ob er hier unten etwas Heiliges finden würde?

Plötzlich weitete sich der Gang zu einem fast runden Raum. Johannes erkannte eine unterirdische Kapelle, was ihn nicht weiter verwunderte, wusste er doch, dass die heute prächtigen Kirchenbauten oftmals auf dem Fundament wesentlich älterer Kirchen standen. Außerdem wurden in einer Krypta auch jetzt noch Tote bestattet – damit war die Bewandtnis eines Kirchleins in den Katakomben erklärt.

Auch dieser kleine Andachtsraum war gestaltet wie die oberirdischen Kapellen: Bankreihen gruppierten sich vor einem Altar, auf dem eine Statue der Muttergottes stand, die von Kerzen umgeben war. An der Wand ein Gemälde: Jesus Christus, der Lazarus von den Toten auferweckt.

Johannes war sich sicher, noch niemals an diesem Ort gewesen zu sein, dennoch fühlte er eine deutliche Vertrautheit und Verbundenheit. Als ob er schon oft an dieser Stelle gestanden hätte – in einer längst vergangenen Zeit. Und gleichzeitig gerade gestern erst.

Johannes blickte sich um. Auch hier wurde der Raum von Fackelschein erhellt. Jetzt erst nahm er wahr, dass die Klagelaute verstummt waren und Gesängen Platz gemacht hatten. Gregorianische Mönchsgesänge, wie er sie schon so oft gehört hatte, jedoch nicht auf Latein, sondern in einer anderen, geheimnisvollen Sprache, wie Johannes sie noch nie vernommen hat. Oder doch?

Langsam veränderte sich der Raum um Johannes herum. Die Wände wurden dunkler, während sich das Licht auf eine Stelle in der Mitte konzentrierte. Die Bänke verschwanden im Schatten und an die Seite der Muttergottesstatue trat eine menschliche Gestalt. Nur schemenhaft konnte Johannes sie erkennen, ob Mann oder Frau war nicht auszumachen, genauso wenig offenbarte die Erscheinung ihr Gesicht.

Nebel zog auf. Johannes blickte sich um. Nebel? Woher kam denn plötzlich Nebel? Aber als wäre es etwas völlig Normales, dass Nebel in der Krypta aufkommt, kam es ihm völlig natürlich vor, und fast schon gleichmütig betrachtete er das Schauspiel weiter. Das Kerzenlicht verstärkte sich und tauchte den unterirdischen Raum in ein rotgoldenes Leuchten.

Erstaunt beobachtete Johannes, wie der Altar mit der Madonnenstatue im Nebel versank, während die gesichtslose Gestalt mit ausgebreiteten Armen wie ein Engel im Raum schwebte. Versank? Tatsächlich, allem Anschein nach ging der Altar im Steinboden unter wie in einem Meer aus Nebel. An seine Stelle kam ein flacher, breiter Stein, auf dem sich die gesichtslose Gestalt niederließ. Noch immer war für Johannes weder zu erkennen, um wen es sich dabei handelte, noch waren zumindest irgendwelche Anhaltspunkte ersichtlich.

Der Gesang schwoll an und eine Stimme löste sich aus dem Chor, einem Vorsänger ähnlich. In immer noch derselben fremden, klagenden Sprache hob die Stimme an, eine unheimlich vertraute Liturgie ertönte und gleich eines Responsoriums antwortete ein geisterhafter Chor.

Johannes rieb sich die Augen und schaute ein zweites Mal hin. Konnte das sein? Die Gestalt schwebte in liegender Position etwas oberhalb des Steinblocks? Er blinzelte und vergewisserte sich: Zweifellos. Noch immer war das Gesicht nicht zu sehen, aber unter zerlumpter Kleidung zeichnete sich ein schmächtiger Körper ab, vermutlich ein Mann. Ganz friedlich lag er da und schwebte über dem Nebel, der den Steinblock einhüllte.

Ein Blitz durchzuckte den Raum und Johannes stockte der Atem. Der Gesang verstummte und eine geisterhafte Erscheinung löste sich aus dem Nebel. Sie trat vor, und Johannes erkannte einen Mönch in einer Benediktinerkutte. Die Kapuze war tief ins Gesicht gezogen, als er wieder zu seinem Gesang ansetzte.

Wo kam denn auf einmal das Schwert her? Wie aus dem Nichts lag es in den Händen des Mönches. Er trat näher an den schwebenden Menschen heran und erhob die Waffe. Johannes wollte schreien, doch die Laute blieben ihm im Halse stecken. Auch konnte er nicht dazwischenfahren, schienen seine Füße doch am Boden wie festgeleimt zu sein. Er ruderte mit den Armen, stieß jedoch auf unsichtbaren Widerstand, als befände er sich unter Wasser. „Nein!" Auch nur dieses eine Wort fand nicht den Weg aus Johannes' Mund.

Doch der Mönch ließ das Schwert nicht auf den hilflosen Mann niederfahren, wie es den Anschein hatte. Vielmehr führte er das Schwert mit leichter Hand über ihm und vollführte eine ganze Anzahl an Figuren damit, fast, als ließe er das Schwert tanzen. Zaubergesten?, fuhr es Johannes durch den Kopf.

Zum Gesang des unsichtbarenChores kam ein ohrenbetäubendes Brausen hinzu, als das Schwert einen Kreis beschrieb, immer schneller und schneller, bis sich ein Strudel aus Schwärze bildete. Johannes war nicht fähig, dort hineinzublicken – instinktiv ahnte er, dass sich dort vor ihm die Hölle auftat. Albtraumhafte Gestalten irrlichterten durch seinen Verstand, dass er befürchtete und zugleich hoffte, das Bewusstsein zu verlieren und in die gnädigen Arme des Schlafes sinken zu dürfen. Doch dies war ihm nicht vergönnt.

Gleichzeitig mit dem Strudel aus Schwärze hob sich ebenfalls der Mann vom Steinblock empor und verharrte in gleicher Pose wie vormals: aufrecht schwebend mit ausgebreiteten Armen. Sein Kopf lag leblos auf seiner Schulter, wirres Haar verdeckte das Gesicht. Doch das, was er erkennen konnte, reichte Johannes. „Heinrich!", wollte er rufen, wollte zu ihm eilen, doch vergebens. Wie von Zauberhand war er stumm und gefesselt zum bloßen Zusehen verdammt.

Nun wandte sich auch der Mönch ihm zu. Dort, wo sein Gesicht sein sollte, blickte Johannes nur in das schwarze Loch der Kapuze, während der Gesang des Chores zu einem monotonen Raunen wurde, das unerwartet abbrach.

Stille. Sie kam so plötzlich, dass Johannes zusammenfuhr, als hätte er einen Donnerschlag gehört.

Ein Sirren lag in der Luft, als das tanzende Schwert innehielt und sich ein Schleier von Heinrichs Körper löste. Funken stoben auf, und gleichzeitig machte sich eine nie erlebte Kälte im Raum der Krypta breit. Grauen erfasste Johannes, und die Kälte schien bis in die entferntesten Winkel seiner Seele zu greifen.

Ein lang gezogener Klagelaut erfüllte den Raum, erschreckend ähnlich denen, von denen Johannes bereits geträumt hatte. War das hier auch nur ein Traum? Gern hätte Johannes dies zu hoffen gewagt, aber es war zu wirklich.

Der Schrei entwand sich Heinrichs Kehle, als der Schleier Gestalt annahm und den Umriss einer Person bildete. Heinrichs Züge erschienen in ihrem Gesicht, kurz bevor der schwarze Strudel sich weiter auftat.

Johannes hielt sich die Ohren zu, doch ein Kreischen, das ihn betäubte und das aus einer anderen Welt zu kommen schien, durchbohrte ihn wie mit blanker Klinge. Voller Entsetzen musste Johannes mit anschauen, wie der menschenförmige Schleier in die Höllentiefen des Strudels gezogen wurde.

Ein weiterer Schrei erschütterte das Kellergewölbe, der sich im Verhallen mit einer Stimme vermischte, die aus längst vergangenen Zeiten zu stammen schien. Der Klang fremdartiger Worte erfüllte die Räume, brauste auf und verebbte wieder. Die Stille nahm den Schrei des Alten mit sich.

Heinrichs Körper fiel erschlafft auf den Steinblock zurück.

Der Mönch erhob seine Hände und sang ein Crescendo, das aus einer anderen, finsteren und schrecklichen Welt zu kommen schien. Als seine Stimme verklang, wandte er sich zu Johannes um, der erneut in die Finsternis der Kapuze starrte. Von dort erscholl nun ein Lachen. Der unheimliche Mönch lachte und lachte, bis Johannes die Sinne schwanden und er kraftlos zusammenbrach.

Sommer 2015

„Nur keine Bange, bitte folgen Sie mir." Der Fremdenführer wies den Weg hinunter und tief in die Katakomben hinein. Julia roch die etwas abgestandene Luft, die ihr irgendwie noch feuchter vorkam als an der Oberfläche. Was ja auch kein Wunder war, schließlich sind Keller im Allgemeinen kühl und eher feucht.

„Bitte, schauen Sie sich ruhig um, aber Vorsicht: Vieles ist nichts für schwache Nerven. Nicht, dass Sie heute Nacht schlecht träumen und Ihr Eintrittsgeld von mir zurückverlangen." Über seinen eigenen Scherz kichernd zeigte der Fremdenführer auf eine kleine Nische in der Wand. „Wenn Sie einen Blick riskieren wollen: Hier sehen Sie eine sogenannte Beinkammer. Man geht davon aus, dass irgendwann einmal ein Massengrab, vermutlich aus Pestzeiten, bei der Neugestaltung des Kirchplatzes wiedergefunden wurde. Da man nicht so genau wusste, was man damit anstellen sollte, hat man einfach eine Kompanie Strafgefangener abkommandiert, die Knochen ordentlich zu reinigen und dann fein säuberlich hier aufzuschichten. Schauen Sie ruhig genauer hin – die Gebeine sind nach der Größe sortiert und fast schon künstlerisch in Mustern an der Wand aufgestapelt. Immer gekrönt von einem freundlich lächelnden Gesicht. Ach bitte, nur ohne Blitz fotografieren. Wir wollen doch niemanden aufwecken …"

Ob Julia die Totenschädel wirklich so freundlich finden sollte? Ihr jagten sie eher einen Schauer den Rücken hinunter. Vor allem, weil ihr aus allen Ecken ein Wispern entgegenzukommen schien … Vom Schaudern erfasst konnte Julia ihren Blick kaum abwenden, auch nicht, als der Fremdenführer zur Eile mahnte. Die toten Blicke der Gebeine schienen ihr etwas sagen zu wollen … oder wollten sie warnen? Doch wovor nur? Julia schüttelte den Kopf und schimpfte sich eine dumme Gans, dass die alten Gruselgeschichten sie so schnell ins Bockshorn jagen konnten.

Anno 1512

Ein stechender Schmerz durchfuhr Johannes' bleiernen Schlaf. Dann noch einer. Wie Dolche durchschnitten sie die Ankerketten, die Johannes in der Welt der Schlafenden hielten. Als er die Augen aufschlug, sah er den Apothekarius, der zu einem erneuten Schlag ausholte und ihn offenkundig ohrfeigen wollte. Johannes' Wangen brannten von den vorigen Schlägen, als er sich langsam aufrappelte. Er lag auf den obersten Stufen der Treppe, die zur Krypta hinunterführte.

„Junge, was machst du denn für Sachen?" Mit schreckgeweiteten Augen reichte der Apothekarius ihm einen Becher. Wasser! Gierig trank Johannes den Becher leer.

„Kann ich noch mehr Wasser haben?"

Seine Bitte wurde ihm bereitwillig erfüllt. Wohltuend floss das kühle Wasser seine Kehle hinab, die brannte, als hätte er den wertvollen Pfeffervorrat des Cellerar ausgeraubt. Was war nur los? Was tat er hier? Johannes blickte sich vorsichtig um und blinzelte ein paar Mal, bis seine Sicht klar wurde. Eindeutig, er saß auf den Treppenstufen zur Krypta. Nicht in seinem Bett?

Jemand reichte ihm einen nassen Lappen, den Johannes dankbar annahm, um seine heiße, verschwitzte Stirn zu kühlen. Da war ein Traum gewesen. Nur vage erinnerte sich der Novize, dann stürmten plötzlich die Erinnerungen an die nächtlichen Erlebnisse auf ihn ein. „Wo ist Heinrich? Ich muss runter, er ist da unten!"

Hände hielten ihn fest, als er mit wankenden Schritten zur Krypta hinuntereilen wollte.

„Lasst mich, da unten ist er! Ich muss … Er wurde verhext … Der Leibhaftige!"

„Aber, aber", ließ sich die Stimme des Abtes vernehmen, der zu der aufgeregten Gruppe getreten war. „Erst nachts durch Kloster und Dom irren und dann auch noch Hexerei? Johannes, ich habe dich gewarnt. Ich habe dir verboten, dich unheiligen Gedanken hinzugeben. Ich habe dir verboten, dich in diese Ketzerei hineinzusteigern. Und nun das!" Die Stimme des Abtes schwoll zu einem Donnern. Wütend gestikulierend trat er immer näher zu Johannes. „Hexerei, du bezichtigst mein

Kloster der Hexerei? Dass hier unheilige Machenschaften vor sich gehen, Ketzerei? Warum konntest du denn nicht auf mich hören, Johannes, warum hast du deinen Geist nicht durch Gebete gereinigt, wie ich es dir gesagt habe?"

„Pater", sagte Johannes kläglich und brach beinahe in Tränen aus, „das habe ich! Fragt die anderen, sie haben es doch gehört, wenn ich die Nacht lang gebetet habe!"

„Ist das so?" Der Abt wandte sich an Jakobus, der an der Seite des Apothekarius nach seinem Freund geschaut hatte.

„Pater …" Jakobus stockte. „Ja, ich habe gehört, wie er jede Nacht gebetet hat."

„Was hat er gebetet?" Die Stimme des Abtes klang eisig und unnachgiebig.

„Nun ja … Das konnte ich nicht so genau hören. Er hat ja immer nur gemurmelt … und verzeiht, mein Latein ist nicht so gut …"

„Wäre es möglich", der Abt dämpfte die Stimme, „dass er nicht zu unserem Herrgott und unserem Heiland Jesus Christus gebetet hat, sondern …" Er ließ den Satz unvollendet.

„Pater, bitte", flehte Johannes, „das würde ich niemals tun! Das Vaterunser war es und das Ave Maria, genau, wie Ihr es befohlen habt!"

„Wer nur betet, weil es ihm unter Androhung von Strafe befohlen wurde, betet nicht reinen Herzens. Johannes, du weißt, was ich nun zu tun habe."

„Nicht die Inquisition, Pater, ich flehe Euch an!"

„Nun, nun", schaltete sich nun eine heisere Stimme ein. Pius trat aus dem Hintergrund nach vorn zu Johannes. „Lasst doch erst einmal Ruhe einkehren. Den Inquisitor könnt Ihr zu dieser nächtlichen Stunde doch ohnehin nicht mit den Träumen eines Novizen behelligen. Lasst uns erst einmal zu Bett gehen und morgen bei Tageslicht betrachten, was zu tun ist. Wenn ich Euch meinen untertänigsten Rat geben darf, Pater."

„Pius hat recht", lenkte der Abt nach einem kurzen Überlegen ein. „Geht in eure Kammern. Morgen sehen wir weiter."

„Danke, Pater!" In Johannes keimte etwas Hoffnung, dass sich die Sache morgen vielleicht klären könnte.

„Ihr habt weise gesprochen, Pater", sagte Pius. „Johannes, bitte hilf mir, meine Kammer zu finden. Du kannst doch ohnehin nicht sofort schlafen, da tut ein kleiner Gang dir bestimmt gut."

❧

„Junge, morgen früh holst du mich als Erstes aus der Kammer ab", sagte Pius bestimmt. „Bevor du mit dem Dienst beginnst."

„Frater, was …?"

„Hör auf mich. Heute Nacht konnte ich den Abt besänftigen. Warum kannst du nicht einfach hören? Ich habe es dir doch auch gesagt: Tu, was der Abt gebietet. Er ist ein kluger Mann. Aber nein, ihr Heißsporne wisst ja alles besser. Auf jeden Fall musst du verschwinden, bevor der Inquisitor dich aufspürt. Wer weiß, wie lange ich den Abt noch davon abhalten kann, ihn zu informieren."

„Meinst du wirklich?"

„Gebe der Herr, dass ich unrecht behalte, Junge, aber die Gefahr ist zu groß. Du willst nicht wissen, was die Inquisition vornimmt, um das herauszufinden, was sie die Wahrheit nennt. Ich habe schon zu viel gesehen in meinem Leben. Glücklicherweise ist dieser Fluch von mir genommen."

Sie erreichten Pius' Kammer „Gesegnete Nachtruhe, junger Freund, und wir treffen uns in ein paar Stunden wieder."

Verwirrt schlich Johannes zurück in sein Bett. Weg sollte er? Wohin denn? Leise Panik ergriff ihn, als er sich die Decke über den Kopf zog und wieder einmal begann, Gebete zu murmeln. Irgendwann musste ihm doch Erlösung zuteilwerden. Oder nicht? Hatte der Abt recht und seine Seele war schon zu weit vom Leibhaftigen in Besitz genommen?

Zitternd und schwitzend wartete Johannes auf das Morgengrauen.

૭

Irgendwann musste Johannes doch noch eingeschlafen sein. Langsam verzogen sich die düsteren Traumgestalten und sein Dienst in der Kirche rief. Allerdings hatte er sich vorgenommen, dieses eine Mal wirklich gehorsam zu sein und den alten Pius aufzusuchen. Hätte er doch schon vorher auf ihn gehört und sich gewissenhaft nach dem Abt gerichtet. Bestimmt hatten seine Gebete deswegen nicht gereicht, weil er seinen Geist nicht genügend von den unheiligen Gedanken gereinigt hatte. Oder ihn eigentlich gar nicht hatte reinigen wollen – das Abenteuer war schließlich ebenfalls eine Verlockung für einen jungen Mann.

Gehorsam klopfte er nun bei Pius. Der Blinde hatte ihn offenkundig schon erwartet, auf seinen Stock gestützt öffnete er seine Kammertür und griff Johannes am Ärmel. „Komm mit!" Er zog ihn Richtung Dom. Jedoch ließ er dem Novizen nicht die Zeit, seinen Dienst zu beginnen, sondern strebte mit traumwandlerischer Sicherheit zur Stiege, die auf die Empore führte.

„Ich verrate dir jetzt eines der Geheimnisse dieses Doms. Aber schwöre bei unserem Dreieinigen Gott, dass du kein Sterbenswörtchen davon weitererzählst!"

„Gelobt sei unser Herr und Heiland Jesus Christus." Johannes bekreuzigte sich. „Ich schwöre."

„Die nördliche Außenmauer verfügt über eine doppelte Wand", erklärte Pius. „Früher war das ein Ort für einen Inklusen. Einen Klausner, der dort in einem winzigen Kämmerchen eingemauert wurde und in dieser Abgeschiedenheit zur perfekten inneren Einkehr gelangen konnte."

„Und da …"

„Genau da, Junge, da bist du sicher vor der Inquisition. Ich würde sogar fast vermuten, dass diese doppelte Wand heutzutage gar nicht mehr bekannt ist. Außer bei mir natürlich." Wieder dieses heisere Kichern des Greises. „Es gibt auch eine versteckte Klappe, durch die man den Klausner versorgen konnte, Essen und Trinken gebracht hat. Keine Sorge, mein junger Bruder, ich lasse dich dort sicher nicht verrotten." War das ein Zwinkern im blinden Auge des Alten?

„Und wie lange soll ich da bleiben? Doch nicht für immer?"

„Nein, sicher nicht. Nur bis ich den Abt und womöglich die Inquisition besänftigt habe. Dann tauchst du wieder auf und erzählst, dass du dich vor lauter Furcht irgendwo im Dorf in einem Kellerloch oder in einem Stall versteckt hast. Du gehst zur Beichte, nimmst deine Buße an und alles ist wieder beim Alten."

Johannes war immer noch skeptisch, aber auch verängstigt. Falls die Inquisition wirklich kommen sollte, blieb ihm wohl keine Wahl. Zum ersten Mal seit Menschengedenken hatte der Dom nun wieder einen Klausner.

„Warte, der Zugang muss irgendwo in der hinteren Ecke sein. Da war immer ein Spalt, hinter dem sich die Tür verbarg. Ich weiß gerade nicht genau, führ mich mal in die Ecke am hinteren Ende der Empore."

Johannes tat, wie ihm geheißen. Und tatsächlich, ein schmaler Spalt tat sich im Mauerwerk auf, gerade breit genug, dass er sich hineinzwängen konnte. Nun sah er auch die Tür vor sich, die gut verborgen die doppelte Wand verschloss. Er öffnete den Riegel, der etwas widerspenstig nachgab. Die Tür schwang auf und offenbarte eine schmale Kammer. Reste von Stroh lagen an der Stirnseite, ein altes, verstaubtes Tongeschirr hatte seinem Vorgänger wohl bei den Mahlzeiten gedient.

„Du zündest jetzt schnell die Kerzen an, dann holst du dir neues Stroh aus dem Schweinestall. In einer halben Stunde bist du wieder hier, ich warte auf dich. Und Johannes: Diesmal gehorchst du mir!"

Johannes nickte und eilte davon, um schnell die Kerzen zu entzünden und mit einem Armvoll Stroh zurückzukehren. Sein Kopf schwirrte und seine Gedanken kreisten so schnell um diese neuen Geschehnisse, dass er ihnen gar nicht folgen konnte. Wie in Trance brachte er das Stroh zu seinem neuen Nachtlager und stand nun unschlüssig in der Kammer.

„Ach, das Beste, Johannes, weißt du ja noch gar nicht. Moment." Die Hände des Blinden tasteten an der Innenwand entlang. „Hier, schau mal. Das sind keine Schießscharten", wieder kicherte er leise, „da kannst du durchschauen. Der Klausner soll schließlich an den Messen teilnehmen können. Aber wenn mich nicht alles täuscht, kannst du doch von hier aus deine geliebten Totentanz-Fenster betrachten, oder?"

Johannes fuhr zusammen. „Aber Pius, ich soll doch nicht mehr hinschauen!"

Der Alte kicherte wieder heiser. „Wer so lange schon auf Gottes Erdenrund wandert wie ich, weiß, wie das ist mit der Sünde … Ich gehe jetzt. Lass nichts von dir merken, sicherlich werden sie jetzt bald einen Suchtrupp nach dir schicken. Ich finde schon zurück." Er wandte sich zum Gehen und tastete sich mit seinem Stock vorwärts. Die Tür schloss sich und mit leisem Quietschen legte sich der Riegel davor. Johannes war allein. Allein mit seinen Gedanken, seinen Träumen, seinen Dämonen. Mutlos sank er auf sein Strohlager und starrte gegen die Wand.

∾

Plötzlich schreckte Johannes auf. Er musste eingeschlafen sein. Sein Blick klärte sich, als die Tür langsam aufschwang und Pius eintrat. Er stützte sich wie immer auf seinen Stock und brachte einen großen abgedeckten Korb.

„Ich bringe dir das Nötigste, mein Junge. Brot, Milch und etwas zur geistlichen Erbauung. Und da wäre noch etwas." Umständlich kramte er in dem Korb herum und förderte einen Nachttopf mit Deckel zutage. „Das wirst du ja wohl brauchen. Wenn ich mich recht erinnere, gibt es irgendwo in der Außenwand eine Öffnung, wo eine Dachrinne entlangläuft. Diese führt zur Jauchegrube, du kannst also ganz unbesorgt sein."

„Hab Dank, Bruder Pius. Haben sie unten schon etwas bemerkt?"

„Schon, aber sie denken alle, dass du mal wieder unterwegs bist, um Heinrich zu suchen. Du hast Glück, rechtzeitig hier im Versteck zu sein, denn ich habe gehört, wie der Abt eine Botschaft zum Inquisitor schicken ließ."

Ein Schauder durchfuhr Johannes. Also doch! Erschrocken blickte er ins Kirchenschiff. Alles war ruhig.

„Wie dem auch sei, bleib einfach hier und verhalte dich ruhig. Ich komme dann und wann vorbei und bringe dir, was du brauchst." Pius wandte sich zum Gehen und tastete sich mit seinem Stock aus der Nische heraus.

„Bruder Pius, wie lange werde ich hier bleiben müssen?"

„Das, Johannes, hängt ganz davon ab, wie der Herr entscheidet. Ach, fast hätte ich es vergessen, ich werde alt." Der Mönch griff um die Ecke und zog eine kleine Kiste von der Empore in die Kammer herein. „Hier hast du Papier, Tusche und Feder. Mach dich ein wenig nützlich, wenn du schon ansonsten untätig sein musst. Du weißt ja, ora et labora. Fertige eine Abschrift von den Heiligenviten an, die da im Korb sein müssten. Der Fürst hat eine Kopie bestellt. Dann kommst du nicht auf dumme Gedanken."

Damit schloss sich die Tür und Johannes hörte wieder den Riegel. Hungrig fiel er über den Korb her. Unter dem Brot und fand er besagtes Büchlein aus der Klosterbibliothek mit Abschriften über Heiligenviten. Gut, besser als nichts. Tausendmal lieber hätte Johannes allerdings geforscht, was in der Krypta vor sich ging. „Herr, vergib mir meine Gedanken", murmelte er und bekreuzigte sich. Gingen die unheiligen

Tagträume schon wieder los? Seufzend machte sich Johannes an die Schreibarbeit, die ihm eigentlich gar nicht lag, zumal sich immer wieder die finsteren Gedanken einschlichen. Ohne es zu merken, schrieb der Junge nicht wie befohlen die Texte ab, sondern notierte seine eigenen Visionen und Ideen. Als er sich dessen bewusst wurde, erschrak er, raffte die Papiere zusammen und versteckte sie eng zusammengefaltet hinter einem losen Stein in der Wand. Gott allein wusste, wozu sie ihm vielleicht noch dienlich sein konnten.

❧

Langsam und ermüdend verging die Zeit als Klausner. Zwar konnte Johannes die Andachten und Messen anschauen, aber die Zeit dazwischen war geprägt von zermürbendem Nichtstun. Bis an einem Sonntag der Abt nach der Messe das nächste Fenster ankündigte. „Es ist mir eine besondere Freude zu verkünden, dass Meister Megol das nächste Fenster beendet hat. In der vor uns liegenden Woche wird er es einbauen und nach der nächsten Sonntagsmesse enthüllen lassen. Zur Ehre Gottes und unseres Heiland Jesus Christus wird unser Dom mit einem weiteren Kunstwerk erstrahlen.“

Ein Raunen ging durch die Menge. Johannes musste sich zusammenreißen, um nicht aufzuschreien. Das durfte er nicht denken, er hielt sich die Schläfen und kniff die Augen zusammen. Aber er war gewiss, das neue Fenster hatte etwas mit Heinrich und mit seinen nächtlichen Albträumen zu tun. Und er konnte nichts unternehmen. Vermutlich zu seinem eigenen Glück – denn gerade noch konnte er den Inquisitor in der ersten Reihe der Messe erspähen.

∽

Zäh wie Honig tropfte die Zeit dahin, bis endlich die Woche vorüber war. Johannes kannte die Heiligenviten aus seinem Büchlein fast auswendig, hatte sich von Pius einen Handbesen erbeten, damit er seine Kammer etwas reinigen konnte, und starrte ansonsten aus dem Guckloch Richtung Dom, als könnten die Totentanz-Fenster ihm schweigend ihr Geheimnis offenbaren.

Noch nie hatte eine Messe so lange gedauert wie an diesem Sonntag – zumindest schien es Johannes so. Eine Ewigkeit verging bis zum Schlusssegen, nach welchem der Abt endlich verkündete: „Ich habe die große Freude, euch, liebe Gemeinde, das neueste Fenster des Meister Megol ankündigen zu dürfen, dass er zum Ruhme Gottes anfertigte und unlängst einbaute. Leider ist der Meister selbst heute wieder verhindert und kann sein Werk nicht persönlich enthüllen. Daher habe ich diese Ehre." Der Abt schritt zur Fensterreihe, bei der der letzte Platz durch einen Vorhang verdeckt war. Aufgeregt flüsternd folgte die Gemeinde ihm. „Nun denn, das neuste Fenster aus der Werkstatt Meister Megols", kündigte der Abt feierlich an. „Der Tod und der Greis."

Johannes stockte der Atem. Das konnte doch nicht … Nein, unmöglich! Aber kaum, dass der Abt den Vorhang beiseite zog, durchfuhr Johannes die Erkenntnis wie ein kalter Blitz: Er blickte in die Augen des alten Heinrich. In seine toten, aber grausam klagenden, stechenden Augen.

Johannes ließ sich auf sein Strohlager sinken. Sterne tanzten vor seinen Augen, gleichzeitig drehte sich der Raum um ihn herum im Takt seiner schwirrenden Gedanken. War es möglich? Hatte er im Traum die Realität gesehen? Welches Hexenwerk ging in den Katakomben vor sich? Schuld breitete sich in ihm aus – hätte er stärker darauf bestehen müssen, in die Krypta zu kommen? Hätte er den Alten retten können? Langsam legte sich der Schwindel. Johannes spähte noch einmal in die Kirche. Fiel denn niemand anderem die Ähnlichkeit auf? Aber er konnte das Tuscheln und Wispern der Gemeinde nicht deuten. Nur Mechthild stand stumm und wie erstarrt in der letzten Reihe der Menschentraube. Johannes konnte nicht ergründen, was in ihren Gedanken wohl vorgehen mochte – erkannte auch sie ihren Vater im Totentanzbild?

Die Gemeinde zerstreute sich und der Kirchenraum wurde wieder leer und still. Auch Johannes kam wieder zur Ruhe und bemühte sich, klare Gedanken zu fassen. Wie er es drehte und wendete, er schaffte es nicht, seine ketzerischen Gedanken außen vor zu lassen. Irgendetwas ging in der Krypta vor sich, er spürte es. Seine Tagträume waren keine Hirngespinste, dessen war er sich gewiss. Nur konnte er es niemandem erzählen oder gar Hilfe erhoffen, das wusste er mittlerweile – das Kloster hatte nicht gezögert, ihm sogar die Inquisition auf den Leib zu hetzen. Also konnte er sich nicht anders helfen: Er musste in die Krypta und nachschauen, und zwar bald, bevor der nächste Unschuldige in den Tiefen unter der Kirche verschwand und nicht wieder lebend auftauchen würde.

Nur wie? Pius hatte ihn hier gründlich eingesperrt und den Riegel immer, wenn er ihm Essen gebracht hatte, gewissenhaft vorgelegt. Offenbar traute der Alte ihm nicht, dass er sich nicht doch auf eigene Faust aufmachen würde. Wie recht er damit hatte …

Doch für Johannes stand es fest, er musste hier raus. Und dann brauchte er den Schlüssel zur Krypta, um irgendwann zu nachtschlafender Zeit in den Katakomben erforschen zu können, welches Hexenwerk dort vor sich ging.

Den ganzen Sonntag grübelte Johannes über seinem Plan und verwarf ihn immer wieder. Denn selbst wenn ihm die Flucht aus seiner Klause gelingen sollte, wo um alles in der Welt sollte er den Schlüssel zu den Katakomben finden?

Erst als die Sonne untergegangen war und immer weniger Licht durch die Ritzen seiner engen Behausung drang, merkte Johannes, dass der Tag vergangen war und die Nacht hereinbrechen würde. Unbemerkt hatte Pius ihm etwas Brot und zur Feier des Sonntags ein Krüglein Bier durch die Klappe geschoben. Ohne etwas zu schmecken, aß Johannes. Die Kühle der Nacht drang in seine Kammer, doch statt sich auf dem Strohlager zur Ruhe zu legen, grübelte er immer weiter und blickte ein ums andere Mal durch die Finsternis in Richtung der Totentanz-Fenster, als könne er es immer noch nicht glauben. So schritt die Nacht dahin und die Schläge der Turmuhr ließen den jungen Klausner wissen, dass Mitternacht herangekommen war. Der Dom war dunkel, doch huschte plötzlich ein Lichtschein in die Kammer. Johannes schreckte aus seinen Gedanken und spähte in das Kirchenschiff.

Eine Gestalt schritt etwas geduckt durch den Raum und hielt auf den Kellerabgang zu. Dort angekommen, bückte sie sich und hob eine der Bodenplatten an, um einen Gegenstand aufzuheben. Diesen in der Faust verbergend, machte die Gestalt sich auf den Weg nach unten. Johannes konnte es kaum glauben – sollte dies das Versteck des Schlüssels sein? Er hatte heimlich den Boden unten am Fuß der Treppe untersucht, wo er auf das Pentagramm gestoßen war. Aber oben, das musste er zugeben, hatte er nicht weiter nachgeschaut. Während er über seine Nachlässigkeit den Kopf schüttelte, verhallte das durchdringende Klacken des Gehstocks. Gehstock? Johannes stutzte. Er kannte nur einen Bruder der Klostergemeinschaft, der sich eines Stocks bediente. Pius. Johannes stürzte zum Guckloch zurück, konnte aber nur noch erkennen, wie die Gestalt im Keller verschwand.

Klopfenden Herzens ließ er sich zurücksinken. Was sollte denn der Blinde in den Katakomben zu schaffen haben? Er konnte doch nichts mit den Geschehnissen zu tun haben, sonst würde er Johannes wohl kaum beschützen. Je länger er in die Dunkelheit starrte, umso mehr war ihm gewiss: Er musste hier raus. Er musste aus der Klause kommen, sich den Schlüssel nehmen und enttarnen, welche schwarze Magie im Bauch der Kirche vor sich ging.

☙

In dieser Nacht wollte kein gnädiger Schlaf über Johannes kommen, so sehr hatten ihn die abendlichen Beobachtungen aufgewühlt. Grübelnd lag er auf seinem Strohlager und starrte an die Decke. Das alles wollte einfach keinen Sinn ergeben. Endlich nahm er das Schlagen der Turmuhr wahr – 5 Uhr in der Frühe, nun würden noch vor der Laudes die Kerzen angezündet. Fast kam es Johannes vor wie die Erinnerung an ein anderes Leben, als er dereinst diese Aufgabe innehatte. Nun konnte er durch sein kleines Guckloch beobachten, wie ein anderer Novize die Kerzen entzündete. Gähnend und lustlos schlurfte er durch die schlafende Kirche, beachtete das majestätische Antlitz der Kirchenfenster nicht und nahm nicht das magische Leuchten des Kerzenlichts wahr. Johannes kam es vor wie Frevel, so ganz ohne Andacht und ohne Blick für die Schönheit des Heiligen dieser Aufgabe nachzugehen. Als die Kerzen brannten, tappte der Novize zurück Richtung Kloster. So rasch, wie er die Aufgabe hinter sich gebracht hatte, hoffte er zweifelsohne darauf, noch ein paar Minuten dösen zu können, bevor der eigentliche Tagesablauf begann.

Auch Johannes wollte sich auf sein Lager sinken lassen und ein wenig Schlaf nachholen, denn die Lider wurden ihm nun doch schwer. Jedoch ließen ihn Schritte aufhorchen: Kaum war sein junger Bruder ins Kloster verschwunden, machte er erneut Schritte im Kirchenschiff aus, zu welchen sich alsbald Gemurmel gesellte.

Johannes spähte wieder hinunter: Im flackernden Zwielicht erkannte er zwei Mönche. Einer war leicht als der Abt zu erkennen, beim anderen brauchte Johannes einen Moment, um die Stimme zuzuordnen: Es musste der Bruder Cellerar sein. Die beiden Mönche näherten sich Johannes' Hörweite.

„Pater, seid Ihr sicher, dass es klug ist? Die Leute reden. Sie …"

„Aber Bruder Cellerar, natürlich reden die Leute. Sie sollen ja auch reden. Alle sollen über unsere famosen Kirchenfenster reden, alle sollen herkommen und sich selbst überzeugen, wie grandios sie sind, wie sehr sie dem Ruhme Gottes dienen. Das ist doch ihr Sinn." Mit weit ausholender Geste wies der Abt in Richtung der Totentanz-Fenster.

„Ich fürchte, Ihr versteht nicht, was ich meine. Mechthild, Ihr wisst schon, die Tochter des alten Heinrich, der verschwunden ist … Sie läuft durch das Städtchen und erzählt etwas herum von wegen Teufelswerk und dergleichen. Man munkelt, die Kirchenfenster hätten irgendwas damit zu tun. Und Mechthild lässt keine Gelegenheit aus, unser Kloster in Verruf zu bringen."

Der Abt machte eine wegwerfende Handbewegung. „Unfug. Wir waren doch diejenigen, die bei der Suchaktion nach dem Alten maßgeblich beteiligt waren. Haben nicht wir sie sogar ins Leben gerufen?"

„Sicherlich. Aber war nicht der Novize Johannes der Anführer des Suchtrupps? Und ist nicht auch er verschwunden, kaum dass der Inquisitor im Kloster weilt? Die Leute bemerken das – die Gerüchteküche brodelt geradezu."

„Was die Leute schon reden. Sie hören auch wieder auf damit." Bewundernd blickte der Abt zu den Totentanz-Fenstern empor. „Das Einzige, was für uns zählt, ist der Ruhm Gottes. Und nicht zuletzt der Opferstock … Bedenkt doch, Bruder Cellerar, was wir Gutes bewirken können mit den Münzen, die die Kirchenfenster in den Opferstock spülen. Und damit ist längst noch nicht das Ende erreicht. Schaut doch", er wies auf die noch freien Stellen am Ender der Fensterreihe, „was noch an großartigen Kunstwerken auf uns wartet. Und worauf der Opferstock sich noch freuen kann."

Der Cellerar verneigte sich. „Wie Ihr meint, Pater Abt. Dennoch – verzeiht meine kühnen Worte, aber ich rate zur Wachsamkeit. Wir sollten das Gerede im Städtchen nicht auf die leichte Schulter nehmen. Zu rasch können auch wir ins Visier der Inquisition geraten, zumal eine

Auffälligkeit in den Geschehnissen nicht zu leugnen ist. Es verschwinden immer wieder Menschen, und nun wird ein Zusammenhang mit unserem Kloster gesehen."

„Bruder Cellerar, bitte belasst diese Entscheidungen bei mir. Ihr kümmert Euch um die monetären Angelegenheiten des Klosters." Er trat nahe an den Cellerar heran und redete leise und eindringlich. „Ihr könnt nicht leugnen, dass auch Euch die neuen Fenster in dieser Hinsicht gut zupass kommen. Und vergesst nicht, es ist zur Ehre unseres Herrn und Heilands! Wer das leugnet, versündigt sich. Das sieht der Inquisitor sicherlich ganz ähnlich." Abrupt drehte er sich um. „Die Laudes beginnt. Ihr besinnt Euch besser auf Eure Profession und überlasst das Wichtige mir."

Sie verschwanden wieder hinter der Klosterpforte und Johannes wagte aufzuatmen. Zwar war es unmöglich, dass man seine Atemstöße hinter den Mauern der Klause hören konnte, dennoch traute er sich nicht, auch nur einen Mucks von sich zu geben. Das war höchst beunruhigend, was im Städtchen vor sich ging. Es war, als würde sich ein Gewitter über dem Kloster zusammenbrauen, in dessen Zentrum ausgerechnet er, der kleine Novize Johannes, stand. Mutlosigkeit erfasste ihn. Nie, wirklich niemals hatte er im Sinn gehabt, etwas Falsches zu tun. Er wollte das alles doch gar nicht! Und nun steckte er hier fest, war zur Untätigkeit verdammt und konnte nichts tun, außer zu hoffen und zu beten, dass sich alles schon irgendwie zum Guten wenden würde. Tränen stiegen ihm in die Augen und er musste gegen einen dicken Kloß im Hals ankämpfen, der ihm die Kehle zuzudrücken schien. Nein, schalt er sich selbst, es bringt nichts, zu greinen wie ein kleines Kind. Es musste einen Weg geben, den Dingen auf den Grund zu gehen. Und es blieb dabei: Er musste selbst in die Krypta gehen und nachschauen. Nur wie? Noch immer hatte er keine Lösung gefunden, hier herauszukommen und ungesehen nach unten zu steigen. Er sank wieder auf sein Lager und starrte die Wand an. Irgendwie, irgendwie …

ဢ

Johannes schreckte auf – war er doch noch eingeschlafen? Vor lauter Grübeln, wie er aus der Klause herauskommen sollte, mussten ihm die Augen zugefallen sein. Jedenfalls hörte er, wie sich der Riegel bewegte, und schon ging die Tür einen Spalt auf. „Frühstück, mein junger Bruder", drang Pius' Stimme zu ihm herein. Einen Becher Milch vor sich her balancierend tastete er sich vor und hielt ihm das Getränk hin. „Hier, nimm schon." Er fischte noch einen Brotkanten aus den Falten seiner Kutte. „Du musst doch hungrig sein. Nach allem …" Er brach ab.

„Wonach, Bruder Pius?"

„Johannes, ich bin nicht dumm. Und ich bin längst nicht so blind wie die anderen Brüder. Ich weiß, was du siehst. Und wenn du der Inquisition weiter entkommen willst, behältst du das besser für dich: Ich sehe es nämlich auch.“

„Du siehst … was?“ Nervös zupfte Johannes Halme aus seinem Strohlager.

„Pst, Junge, mach dich nicht unglücklich. Und wage nicht, es jemandem zu verraten. Es würde dir ohnehin niemand glauben, wenn du die Schuld auf den armen, wehrlosen Pius abwälzen willst. Also: Schweig still.“

Atemlos nickte Johannes.

„Ich weiß, was du erlebst. Nachts, wenn alle anderen schlafen, wenn Ruhe einkehrt und die Stimmen der Finsternis leichtes Spiel haben, sich unseres Verstandes zu bemächtigen …“ Die Stimme des Alten wurde leiser und sein leerer Blick richtete sich ins Unendliche. „Eine unheilige Macht greift dann um sich. Ich beobachte andere Brüder, und frag mich nicht, wie ich sie sehen kann, ich kann es einfach. Einer von ihnen wird ganz sicher von dieser Macht gesteuert. Wie ein Schlafwandler tappt er durch das finstere Kloster und den Dom. Er ist nicht wach, er ruht auch nicht. Aber voll zielstrebiger Sicherheit bewegt er sich auf die Krypta zu. Er ist nicht er selbst, es ist nicht sein eigener Wille, der ihn antreibt. Und unten in den Katakomben nehmen grausige Dinge ihren Lauf. Qual und Pein, als sei der Leibhaftige anwesend. Und vielleicht ist er das auch? Wer kann das schon wissen …“

„Pius." Johannes stand von seinem Strohlager auf, wo er die ganze Zeit an den Halmen herumgenestelt hatte. „Pius, wir müssen mit dem Abt sprechen. Er muss …"

Heiseres Lachen unterbrach ihn. Pius winkte ab. „Wir müssen gar nichts, wir dürfen gar nichts. Was glaubst du denn? Der Abt?" Ein ironischer Zug legte sich um Pius' Mund. „Entweder er glaubt uns nicht oder er will uns nicht glauben. Schließlich hängen seine wertvollen Fenster daran. Die Fenster, die unzählige Münzen in den Opferstock spülen sollen und schon ein hübsches Sümmchen eingebracht haben. Nein, er wird es nicht anhören. Und er wird uns zum Schweigen bringen. Das heißt, nicht uns, mein Junge, sondern dich. Ich bin nur ein alter Mann mit wirren Sinnen. Du, kleiner Johannes, du bist es, der als Sündenbock herhalten wird."

Johannes erschauderte. Der Inquisitor, ja … Wie eine Spinne im Netz würde er darauf lauern, dass Johannes sich stellte, schließlich suchten sie schon eine Weile nach dem entflohenen Novizen. „Aber wie soll es weitergehen? Ich kann doch nicht ewig in der Klause bleiben." Mutlos ließ er sich auf sein Strohlager sinken.

„Nein, Junge, nicht ewig. Die Wege des Herrn sind unergründlich. Mach dir um die Zukunft keine Gedanken. Die Gegenwart hält genug Questen für uns bereit."

Mit diesen Worten wandte sich Pius zum Gehen. „Hüte deine Zunge, das ist alles, was du zu tun hast." Und die Tür fiel hinter ihm zu.

Johannes hörte den Riegel knacken und Pius' schlurfende Schritte, die sich entfernten.

Die Gedanken in Johannes' Kopf drehten sich im Kreis und nahmen kein Ende. Ein anderer Bruder war mit dem Teufel im Bunde und trieb sein unheiliges Spiel in den Katakomben? Ob Pius noch mehr wusste? Wenn Johannes doch nur eine einzige Nacht aus seiner Klause herauskäme. Er drückte gegen die Tür – der Riegel hielt und ließ sich nicht dazu bewegen, auch nur ein bisschen beiseite zu rücken. Er spähte durch die Ritzen zwischen den groben Brettern, die die Tür bildeten. Man müsste mit einer Schlinge durch eine Ritze langen und damit am Riegel ziehen. Eine Schlinge … eine Schlinge? Johannes sah auf seine Hände, die noch immer mit den Strohhalmen spielten. Ein Lächeln stahl sich auf sein Gesicht. Er suchte drei längere Halme aus seiner Schlafecke zusammen und begann zu flechten.

&

Am Abend war es so weit. Gut, dass Johannes seine steife Schnur, die er aus den Halmen geflochten hatte, nicht vor dem blinden Pius zu verbergen brauchte. Er befühlte sein Werk. Straff und doch geschmeidig lagen die Strohflechten in seiner Hand, am Ende hatte er eine stabile Schlinge geknüpft. Gerade richtig steif war die Schnur, um in der Waagerechten zum Riegel zu langen – so hoffte Johannes zumindest. Kaum brach die Dunkelheit herein, machte er sich an den ersten Versuch. Behutsam führte er die Strohschnur durch die Ritze und lenkte sie flach zur Seite in Richtung des Riegels. Nun musste er nur noch den kleinen Knauf mit der Schlinge treffen. Nur noch … Johannes verzog das Gesicht. Es war, als würde er blind in der Dunkelheit herumstochern. Er schloss die Augen und verließ sich nur noch auf sein Fingerspitzengefühl. Irgendwann stieß er mit dem Stroh auf einen Widerstand. Vorsichtig zog er – nichts. Er hatte den Riegel nicht erwischt. Also von vorn.

Johannes konnte nicht abschätzen, wie viel Zeit vergangen war. Schon lange achtete er nicht mehr auf die Stundenschläge. Zum unzähligsten Mal glaubte er, den Widerstand mit der Schlinge umfasst zu haben, und zog vorsichtig. Gerade als er enttäuscht die Schultern sinken lassen und sich die schmerzenden Arme reiben wollte, wurde er gewahr: Die Schnur gab nicht nach. Sie hing irgendwo fest. Trocken schluckte Johannes und versuchte, seine Aufregung zu bezwingen. Jetzt bloß keinen Fehler machen. Nicht zu stark ziehen – das Stroh könnte reißen. Vorsichtig brachte er die Schnur unter Spannung. Noch ein wenig – und er spürte, wie der Widerstand nachgab. Ein leises Schnarren verriet, dass der Riegel sich bewegte. Noch ein bisschen … Millimeter für Millimeter gab ihm der Riegel seine Freiheit zurück, bis irgendwann – für Johannes schien es eine Ewigkeit zu dauern – die Tür aufschwang. Johannes blickte in die Finsternis der Empore.

∾

Katzengleich huschte Johannes die Empore hinunter. Zwar wusste er, dass seine Vorsicht übertrieben war, schließlich lagen Kloster und Dom in tiefem Schlummer, doch wer konnte schon wissen, wessen listige Blicke auf den Geschehnissen lagen?

Sich immer wieder geschickt hinter den Säulen verbergend, gelangte der Novize Meter um Meter näher an den Treppenabgang zur Krypta heran. Noch ein paar wenige Schritte, doch diese lagen in keiner Deckung … Geduckt schlich er weiter, bis er an den Stein gelangte, von dem er wusste, dass er lose auflag und den Schlüssel verbarg. Mit klopfendem Herzen bückte sich Johannes – noch konnte er umkehren und alles vergessen. Noch konnte er sich dem Inquisitor stellen, widerrufen und um Gnade bitten. Doch was dann? Dann würde das finstere Tun weitergehen, dann würden womöglich noch mehr Unschuldige zu Opfern des dämonischen Treibens werden. Und ob der Inquisitor Gnade walten lassen würde, stand zudem auf einem ganz anderen Blatt. Trocken schluckte Johannes. Jetzt oder nie.

Mit einem leisen Schaben gab der Stein nach. Nichts. Vor Enttäuschung wollte Johannes am liebsten aufschluchzen. Alle Mühe umsonst.

Das durfte einfach nicht wahr sein. Mit zitternden Knien betrat er die erste Stufe, die abwärts zum Pentagramm führte, und untersuchte ganz genau jede Stufe, ob nicht vielleicht irgendwo ein anderes Versteck sein könnte. Vergeblich. Am Pentagramm angekommen ließ sich Johannes mutlos gegen die Tür sinken. Mit einem leisen Knarren gab sie nach und offenbarte den Gang, der in die Katakomben wies. Johannes holte tief Luft und setzte einen Fuß in die Unterwelt.

Seine Schritte klangen dumpf auf den steinernen Stufen, sein stoßweiser Atem hallte in seinen Ohren wider. Langsam tastete sich Johannes weiter in den Bauch der Kirche vor, immer mit einer Hand sich an den feuchten Steinen entlangtastend, damit er nicht völlig die Orientierung verlor. In völliger Dunkelheit gefangen, beneidete er beinahe den alten Pius um seine Fähigkeit, sich in der Finsternis zurechtzufinden. Doch halt – glomm dort vorne nicht flackerndes Licht hinter einer Biegung? Außerdem glaubte Johannes, Geräusche zu vernehmen. Er war also nicht allein hier unten – sollte ihn das nun beruhigen oder in völlige Panik versetzen? Bevor sich Johannes darüber klar werden konnte, bewegten sich seine Füße fast automatisch vorwärts. Ein kalter Schauer floss ihm über den Rücken, als er die Umgebung wiedererkannte: Dies alles hatte er doch schon in seinen dämonischen Visionen erblickt. Atemlos schlich er weiter – dort weiter vorn, den Korridor hinunter, müsste der runde Raum mit dem teuflischen Opferstein sein. Im Dunkeln konnte Johannes kaum etwas sehen, doch in einer kleinen Seitennische, nicht größer als ein Fensterchen, stand eine Kerzenlaterne aus Glasmosaik, die buntes Licht verströmte. Johannes nahm sie vorsichtig an sich. Wunderschön, genau wie die Fenster oben. Ein kleines Licht in dieser Finsternis kam ihm nur zu tröstlich vor. Doch kaum, dass er nach dem verheißungsvollen Lichtlein griff, fiel es ihm beinahe aus der Hand, denn die kleine Nische verbarg Grausiges: Leere Augenhöhlen starrten ihn an. Unfähig, sich zu rühren, konnte Johannes nicht anders, als sich das Grauen näher anzusehen und durch das Fensterchen in einen kleinen verborgenen Raum zu spähen. Tausende uralter Gebeine schienen dort gelagert, fein säuberlich gestapelt zu einer makabren Dekoration. Und immer wieder dazwischen tote Schädel, die ihm entgegengrinsten. Was mochte es mit dieser Beinkammer auf sich haben? Und ob Johannes das wirklich ergründen wollte? Leichter Schwindel erfasste ihn, als er mit letztem Mut die bunte Laterne ergriff und sich zum Weitergehen wandte. Plötzlich erschien ihm das Licht überhaupt nicht mehr bunt und tröstlich, sondern eher wie von Blut triefend. Er mochte lieber nicht darüber nachdenken, was dieser teuflische Ort noch alles verbergen mochte …

Mit jedem Schritt schienen sich die Geräusche zu nähern. Die Stimme, die sich daraus hervorschälte, kam Johannes vage bekannt vor – und doch wieder nicht. Ein sphärischer Klang lag darunter, ganz so, wie er ihn aus seinen schaurigen Nächten kannte.

„Meister, ich bin hier, dein treuester Diener!", klang es hohl und unheimlich zu ihm herüber. Als Antwort schienen die Wände zu wispern.

„Es ist nah, Meister, ganz nah. Wir nähern uns der Vollendung."

Johannes sah um die nächste Biegung helleres Licht, wie von einem offenen Kamin. Rot und flackernd. Als er vorsichtig um die Ecke spähte, fiel ein Gehstock in seinen Blick. Pius' Gehstock! Barmherziger Gott! Nicht Pius, nicht ein hilfloser blinder Mönch! Der Tod und der Blinde – das nächste Fenster des dämonischen Meister Megol? Johannes äugte ein wenig weiter um die Ecke, wo er eine Gestalt in einer Kutte sah, die beide Arme beschwörend vor einem rot und blau flackernden Feuer hob. Kalter Schreck durchfuhr ihn, als er den Raum wiedererkannte – der Opferaltar mit der Statue, es fehlte nur noch der Nebel … Eindeutig, der unheilvolle Raum aus seinen nächtlichen Visionen. Hier war es, hier tat sich die Hölle auf. Johannes bezwang seine Furcht und wandte sich nicht zum Gehen, so gern er auch geflohen wäre. Pius' Schicksal hing von ihm ab. Ohne Johannes würde seine arme Seele noch heute Nacht zur Hölle fahren. Doch wo steckte der Alte nur?

„Meister!" Rau und klagend erhob sich die Stimme des Mönchs. Und plötzlich wusste Johannes, woher er die Stimme kannte. Aber nun war es zu spät.

Langsam drehte der dämonische Mönch sich zu Johannes um. Seine blinden Augen wirkten unheimlich lebendig, schienen rot zu glühen, als sie seiner gewahr wurden. „Endlich!", keuchte seine hohle Stimme.

„Endlich können wir es vollbringen! Meister, dein treuester Diener ist bereit. Sei meiner Augen Licht und meiner Hände Lenker. Lass uns ein neues Meisterwerk vollbringen."

Johannes wurde es schwach auf den Beinen, als er Pius' vertrautes und doch so verändertes, fast entstelltes Gesicht erkannte. Vor seinen Augen wiederholten sich plötzlich die nächtlichen Visionen. Nebel zog auf und umwaberte den Opferstein, formierte sich oberhalb und begann einen Strudel zu formen. Er wollte schreien, aber wieder kam kein Laut aus seiner Kehle, als sich das Feuer teilte und einen Blick direkt in die Hölle offenbarte. Er fühlte, wie ihn etwas hochhob und ihn schweben ließ, es hob ihn empor über den Altar. „Nein!" Ein Schrei entwand sich aus Johannes' Kehle und er spürte, wie seine Sinne wiederkehrten. „Christus, steh mir bei! In nomine patris et filii et spiritus sanctus …"

Ein Zischen wurde laut, als Johannes' Gebet den Raum erfüllte, und wie geblendet wandte Pius sich ab. Doch nur Augenblicke später schrie der Junge auf, als eine Feuerzunge wie ein Peitschenhieb seinen Rücken traf und die Kutte aufriss. Und noch einer und noch einer.

„Dich werde ich lehren", donnerte Pius, „welchem Herrn du hier zu huldigen hast! Unwürdiger!" Die Feuerzungen leckten an Johannes und raubten ihm beinahe die Sinne. „Aber in seiner unendlichen Gnade wird der Meister dir Unsterblichkeit schenken." Der Alte griff nach dem Schwert. Das Schwert – wo kam es so plötzlich her? Aber wie in der nächtlichen Vison stieß die Klinge nicht zu, sondern beschrieb merkwürdige Kreise und Bewegungen und zuckte im dämonischen Tanz, bis sich der Riss im Feuer weitete und sich die Hölle direkt vor Johannes auftat.

„Pater noster, qui es in coelis, sancteficetur nomen tuum …“, kreischte Johannes gegen den Schmerz an, der ihn zu zerreißen drohte. Feuer stob wie protestierend auf und Funken flogen durch den Raum. Aus dem Augenwinkel sah der Junge, wie eine der Flammenzungen Pius' Kutte erreichte und das Feuer sich an ihr emporfraß. Der Alte lachte wie irr auf. „Kämpfe nur, mein Kleiner, kämpfe! Doch selbst wenn du jetzt etwas bewirkst, das Wissen wird weiterleben. Oder denkst du, dass der Meister nur mich auf seiner Seite hat? Es ist für alles gesorgt!“

Voller Entsetzen und vor Schmerzen wie betäubt sah Johannes die Kutte des Alten in Flammen aufgehen. Die Flammen leckten an seinem Gesicht, ließen die Haut auf seinem kahlen Haupt schmelzen und Blasen werfen. Schließlich tropfte sein Gesicht herunter wie flüssiges Wachs und sein Kopf tanzte wie ein irre lachender Totenschädel über einem Flammenmeer. Es war das Letzte, was Johannes sah, bevor es Nacht um ihn wurde.

☙

„Es ist mir eine große Ehre“, erhob sich die Stimme des Abtes nach der Messe des folgenden Sonntags, „euch allen das neueste Meisterwerk des großen Megol präsentieren zu können. Wie so oft ist der Künstler auch heute nicht zugegen. Darüber bin ich untröstlich, freue mich aber dennoch über die Ehre, die nun meiner Wenigkeit zuteilwird, das neueste Kunstwerk präsentieren zu dürfen." Er schritt voran zur Fensterreihe, in der das letzte Fenster noch verhüllt war. „Zum Ruhm und zur Ehre Gottes und unseres Heilands Jesus Christus!" Er zog an der Kordel, um die Vorhänge zu lüften. „Der Tod und der Novize."

Klagend und stumm schrie Johannes' Abbild seine Qualen aus dem Kirchenfenster in die Welt hinaus, während er im wahnsinnigen Reigen mit dem Tod tanzte.

Sommer 2015

„Bitte folgen Sie mir." Der Fremdenführer stieß eine Tür auf. „Hier gelangen wir nun zum ältesten Teil der Krypta, die bereits im frühen Mittelalter angelegt worden ist. Wie Sie sicherlich wissen, entstanden die wenigsten heutigen Kirchen in nur einem Bauprozess. Meist gab es eine ursprüngliche Kapelle mit einer Krypta, die zum Beispiel ein Heiligengrab beherbergte. Dann wurde diese alte Kapelle nach und nach erweitert, umgebaut, abgerissen, neu gebaut und so weiter. So entstand gleichzeitig auch ein recht verzweigtes Kellersystem unterhalb des Kirchenbaus. Wie dem auch sei, was vor uns liegt, gehört zum ursprünglichen Teil des Doms. Die Legende besagt, dass hier eine ursprünglich heidnische Kultstätte umgewidmet und christianisiert wurde. Dies allerdings geschah ausgerechnet mit einer Reliquie des Heiligen Judas – wie wir wissen, so ziemlich die zwiespältigste Figur der Bibel. Jedenfalls sagt die Legende, dass eine alte germanische Opferstätte mit einer Faser aus dem Strick, mit dem Judas sich erhängt hatte, christlich umgewidmet wurde. Wenn Sie mich fragen – die Herkunft der Reliquie ist äußerst umstritten, um es vorsichtig auszudrücken. Zudem ist nur noch der Reliquienschrein ohne Inhalt erhalten. Allerdings nicht aus der Entstehungszeit des ersten Kirchbaus, sondern aus wesentlich neuerer Zeit." Der Fremdenführer wies auf ein kleines Kästchen, das aus unscheinbaren Butzenscheiben zu bestehen schien.

„Darf ich?", fragte Julia und drängelte sich ein wenig vor.

„Nur zu, aber auch hier bitte ohne Blitzlicht fotografieren", mahnte der junge Mann.

Julia verzog das Gesicht. Ohne Blitzlicht ergab es im Zwielicht der Katakomben wenig Sinn zu fotografieren. Wobei, wer weiß, was eine Foto-App aus dem Bildern herausholen könnte … Sie trat nah an den Reliquienschrein heran.

„Vorsicht bitte, es gibt eine Lichtschranke als Alarmanlage", ließ der eifrige Student sich vernehmen.

Julia kniff die Augen etwas zusammen. Das waren keine Butzenscheiben, das waren Glasmosaike – ganz ähnlich wie die Totentanz-Fenster oben im Dom. Und diese waren auch nicht trübe, sie glänzten wie frisch poliert. Was würde der Schrein wohl für ein herrliches Lichtspiel erzeugen, wenn man innen eine Kerze hineinstellte? Ein buntes Licht würde in dieser Düsternis tröstlich wirken.

„Wir gehen nun weiter und gelangen in das Herz der Krypta, den ältesten Raum, soweit man bisher entdecken konnte. Aber seien Sie nicht zu enttäuscht, es gibt kaum etwas zu sehen. Ganz im Gegensatz zu den weiteren Räumen, Sie dürfen gespannt sein." Der Fremdenführer zwinkerte seinen Schutzbefohlenen übertrieben verschmitzt zu. „Wenn Sie mir bitte weiter folgen wollen …"

Julia durchfuhr es plötzlich eiskalt. Ein Schauer lief ihr über den Rücken und ließ die Härchen in ihrem Nacken zu Berge stehen. Was war das? Sicher nur ein Luftzug, der einer undichten Tür zu verdanken war. Während die Besuchergruppe langsam in den nächsten Raum weiterstrebte, sah Julia sich um. Merkwürdig kahl war dieses runde Zimmer. Und das sollte der sagenumwobene heidnische Opferplatz sein? Es sah recht schmutzig hier aus, ungepflegt. Rußspuren an den Wänden, wo sich jahrhundertelange Kerzenbeleuchtung verewigt hatte. Staubiger Boden, nur die Touristenfüße hatten einen Pfad zur nächsten Tür hineingescharrt. Einen heidnischen Opferplatz hätte sich Julia doch irgendwie anders vorgestellt als dieses kahle, staubigen Gewölbe. Sie eilte der Touristengruppe nach, als ihr Fuß an einer Kante hängenblieb. Sie strauchelte und ihr Handy glitt ihr aus der Hand. Mit einem Klacken schlug es auf dem Steinboden auf. Julia bückte sich, hob es auf und inspizierte das gesprungene Display. Fluchend steckte sie es in ihre Jeans. Wo kam denn die Stolperfalle plötzlich her? Suchend sah sie sich um. Eine kleine Erhebung erschien in den Bodenplatten. Nur ein paar Fingerbreit in der Höhe und von rechteckigen Ausmaßen. Seltsam. Ob an dieser Stelle einstmals ein Opferstein oder so etwas gestanden haben mochte? Julia schüttelte den Kopf. Und wenn schon, heute war hier nichts mehr zu sehen. Schade eigentlich …

Julia schrak zusammen, als sie eine Tür ins Schloss fallen hörte. Die Gruppe war verschwunden. So plötzlich? Wo waren sie denn alle hin? Sie fuhr herum – wo kam denn plötzlich dieser Feuerschein her?

„Endlich bist du da!" Julia fuhr herum – und niemand hörte ihre Schreie.

Epilog – Heute

„Zu Ihrer Linken sehen Sie die berühmten Kirchenfenster unseres Doms, die geschätzt aus dem frühen 16. Jahrhundert stammen", dozierte der Fremdenführer, ein langhaariger Jungspund, vermutlich Student der Kulturwissenschaften oder Kunstgeschichte der hiesigen Universität. „Zum Urheber der kunstvollen Mosaikfenster ist leider nichts überliefert. Offensichtlich handelt es sich um eine klassische Totentanzdarstellung, wie sie seit dem 16. Jahrhundert recht populär war. Eher ungewöhnlich ist jedoch das modernistisch gehaltene letzte Fenster, das erst kürzlich entstanden ist und das alte Motiv in die Moderne führt."

Die Nachmittagssonne stand schon tief und ließ das Abbild einer jungen Frau in Blue Jeans erstrahlen, die ihr Handy zum Selfie mit dem Sensenmann erhoben hatte und gar nicht zu bemerken schien, wie der Gevatter seine knochigen Arme besitzergreifend um sie legte.

Ende